前波清一［著］
Seiichi Maeba

MODERN
IRISH
DRAMATURGY
COMPOSITE
VIEWPOINT

現代アイルランドのドラマツルギー
複合の視点

小鳥遊書房

はじめに

アイルランド演劇のドラマツルギーを、作家と作品に絞って統括する方法は、いくつかありうるだろう。ドラマツルギー（劇作術）は戯曲だけでなく、演出・演技・制作など、上演に関わるすべてを包含するが、何よりも、歴史や国民性との関連で、作品の主題や題材に特徴がある。ナショナリズムとカトリシズム、移民とアイデンティティ、現実と追憶などは、いかにもアイルランド的である。対立項で捉えると、リアリスティックとポエティック、内面と笑い、ストーリーとドラマなども加えられる。

それらを集約する視点の問題があると考えて、『現代アイルランドのドラマツルギー――複合の視点』に着手した。本書は一〇項目で劇作家二五人の戯曲四〇篇を紹介・分析している。

第一部「複合の視点」は、特徴的な「悲喜劇」とその属性を考え、第二部「異なる視野」は、独特の「北アイルランド」から、普遍的な「多文化」まで取り上げて、アイルランドのドラマツルギーをその「視点」の複合から捉えようとする意図である。一〇項に分類した各章は、まず簡単な一例でトピックを指摘し、続く四篇の作品で具体的に傍証する構成である。

そもそもある国の演劇を、ある種のドラマツルギーとして総括できるだろうか。しかも鑑賞の機会が限られるアイルランドである。そうした自問自答に悩みながらの執筆であるが、これも一つの視点からである。演劇愛好者あるいはアイルランドに関心を抱く人に寄与できるなら、著者として大きな喜びである。

現代アイルランドのドラマツルギー

目次

第2部　異なる視野

付記

・本文中の「　」は、作品または作者の言及からの引用を表し、「　」(人名)は、研究者または劇評家の評言である。

・(　)で記される初演の年と劇場は、原則としてアイルランドのそれである。

・引用の翻訳はすべて著者による。

第1部　複合の視点

1　悲喜劇

首都ダブリンや近郊の労働者階級を好んで描くダーモット・ボルジャー初期の『聖なるグラウンド』（一九九〇、ダブリン、ゲイト劇場）は、一人の女性のモノローグによる一幕劇である。五〇代後半の喪服姿のモニカが、夫マイルズの葬儀の日に遺品を片付けながら、夫との生活を振り返り、社会と教会への苦い感慨に耽る。求婚時代は幸せな二人だったが、結婚後、夫は夫婦生活を嫌い、モニカには重苦しい日々になる。不妊の原因が自分にあると覚るマイルズは急変し、サッカークラブの熱心な一員から、教会の教えに厳格に従い、宣教活動を助けるようになる。

子供のいないことで周囲から白い目で見られるモニカは、その反動で二人の子供をもつ幻想を抱き、孤独と苦悩を癒す。しかし現実を直視して、子供の幻想を消し、夫への憎悪を募らせて、少しずつ殺鼠剤を与えて、殺害を企む。ところが夫の死後、医者から意外なことを教えられる。

あんたのご主人は脳血栓で亡くなられた。血栓症の前歴があったのに、誰の治療も受けようとしなかった。殺鼠剤はワーファリンを含んでいて、血栓を防ぎ、血液を薄める。あんたが飲ませたのなら、おそらくあんたは延命に役立ったのだろう。帰宅して、黙っているんだね。

青春も陽気さも奪われ、不妊の恥辱を与えられたと感じるモニカが、「あなたのすべてを許すことができても、許せないのは……そうして神様の右手に坐して、わたしからイエス様を取り上げてしまったことよ」と語りかけて幕になる。こうして夫殺しの殺人劇が夫婦関係の悲喜劇に急転する。

アイルランドのドラマツルギーの特徴として、まず悲喜劇のジャンルを指摘できる。人間や社会の喜怒哀楽を活写する演劇は、悲劇と喜劇を共有し、複雑な歴史を経るアイルランドは、現代を反映する悲喜劇を生み出していく。明確に分かたれない両者のもつれは、共存のバランスを保つより、時にはグロテスクな視点の複合を示す悲喜劇になる。もちろんそれはアイルランドに限ったことではなく、例えばチェーホフの喜劇も、遡ってギリシア喜劇『女の平和』などもその例である。

現代アイルランド演劇で最も名の挙がるベケットは、「不幸なことを笑う笑いこそ、笑いの中の笑い」と言い放ち、暗い喜劇を創っていく。『しあわせな日々』のウィニーが思い出す、「この上なく厳しい悲痛の真っただ中での狂い笑い」に満ちるベケット劇は、ブラックユーモア、残酷な笑い、滑稽な悲惨が漂う、パラドクシカルな悲喜劇である。

アイルランド演劇を代表するシングの『西の国のプレイボーイ』は、父親を殺して逃げてきたと語る若者を、村人たちが歓迎する。ビーアンの死刑制度反対劇といえる『変人（死刑囚）』は、刑務所の中の囚人たちのドタバタ喜劇であり、マクドナーの『リーナーン一の美女』は、介護に疲れる娘が母親を殺害して、自らは発狂する。

いずれも悲劇とも喜劇とも呼べる、奇妙なジャンルの混淆で、悲喜劇の視点が、国と国民の歴史に由来するのか、外部からの影響か、それとも創作上の工夫か、一概に断ずることはできないが、アイルランド演劇の豊かな伝統になっている。

シング『谷間の影』

嫉妬深い老いた夫、欲求不満の若い妻、その若い恋人の三角関係は、喜劇ないし笑劇の永遠の状況である。J・M・シング（一八七一―一九〇九）がそれをテーマとする『谷間の影』（一九〇三、ダブリン、モールズワース・ホール）は、アラン島で聞いた民話を素材に、シング劇の笑いとアイロニーを初めて発揮する悲喜劇である。元の話では、亭主が間男を棒で殴る血なまぐさい仕返しとなり、笑劇では、女房と若い男が手を携えて去るか、老いた夫を追放する類型に、シングは「皮肉な反転」（G・ルブラン）を加える。血に染まる三角関係の民話をひねって喜劇性を倍化したというより、若い女房の人物像と内面に視点を移して、シング喜劇の典型的手法の始まりとなる。

「少しばかりの畑と牛と裏山の羊」にかまける夫ダンが、「老いて妙な男」であっても、経済的事情と社会的因習のため、愛のない晩婚に従うしかなかったノーラは、当初は農民社会への批判的認識も自意識もそれほど強くなかった。

しかし、ウィックローの「山の圧迫感」のもと、「長い谷の奥の一軒家」に住み、「いつも冷たい、知ってから毎日――そして毎晩冷たい」夫とのあいだに、子供はなく、孤独と倦怠が募り、決まりきった日課を無気力に繰り返すノーラは、性的フラストレーションからだけでなく、人間的触れ合い、充実した感情生活を希求する。

寂しい所に住んでれば、日暮れにはいつも、誰かと話したり、誰かを待ち受けたりしないとすまないのさ。わたしはたくさん男を知ったけど、みんな立派な男だった。

谷を通るたびに立寄った「偉い男」羊飼いパッチなどとの交流を認めるノーラは、去年パッチを失い、孤独に突き落とされていたが、今ダンに死なれ、覚醒のドラマを生きようとしている。

通夜のノーラは、「ひどい晩」に一夜の宿を求めて立ち寄る放浪者に、口実を言い繕って、留守を頼んで出かける。パッチの後釜の「若い羊飼い」マイケルを探すためで、夫の死を悲しむより、マイケルとの愛情と自由の生活への期待がうかがわれる反応である。

「寂しい土地」での孤立した暮らし、若さを無効にする非情な時間の経過、物質的安定は一応保障してくれた夫の死で、微妙に素早く揺れ動く内面の、ノーラの見事な人物像で、ほとんど悲劇的な、リアルでシリアスな劇であるが、『谷間の影』にはもう一つの要素として、喜劇の手法が働く。

ノーラが出かけた途端、「ゆっくりシーツが引き下げられ、ダン・バークが顔を出す。放浪者が不安そうに身動きし、顔を上げると、びっくり仰天して跳び上がる」。死人が「生き返る」のだから、驚くのも無理はない。

寝取られ亭主は、ひどく喉が渇いたとウィスキーを所望し、再び「死人」に戻って、帰った女房とマイケルの話を盗み聞きして、不貞を確かめようとする最中に、激しいくしゃみをして跳び起きる。女房が隠そうとしない心身の不満と苛立ちに応える余裕は、ダンにはなく、しかも「ずっと若い女」の不貞が気になるのはやむをえない。

死んでも体に触れるなと言い残して、死んだふりをするのは、笑劇の約束事、あるいは「シングの劇的仕組み」(S・オサリバン)であるが、それには現実が重ねられる。疑い深くて怒りっぽいダン老人は、ステレオタイプの域を出なくても、ノーラの感情と自由への希求と対比される時、所有欲と因襲に縛られるその姿は、シングの風刺、社会批判の対象となる。

夫の卑劣な背信行為によって、ノーラは自らの「大ばか」ぶりを改めて認識する。ところが「無邪気な青年」マイケルも、ダンの鈍感と貪欲を併せもつことに気付く。夫との充たされない生活を語るノーラに腕を回し、身を乗り出して、遺された金を数え、「けっこうな金」に満足してプロポーズする。無神経なマイケルに絶望するノーラは、とにかく「谷間の影」から脱け出さなければという発見と行動に進む。

出口なしのノーラに開かれた道は、偶然に訪れた放浪者の「すてきな話」しかない。ノーラの窮状をわずかのあいだに、しかしつぶさに知った放浪者は、酷しさもあるが、変化と美しさに富む、牧歌的な自然を謳い、自然に順応し調和して生きる放浪生活に誘う。

シングは放浪者に、自然との調和、アウトサイダーの自由で、心情的な一体感をもつ。因襲と所有欲、創造力の欠如と自己満足の、社会に収まらない精力と人間性を、自然の中に解き放つ人物として理想化し、自画像を重ねる。だから想像力を欠き、無神経であることで農村社会に安住するダンやマイケルと対照的であり、放浪者は傍観者ではすまなくなる。

放浪者のロマンティックな「すてきな話」に魅せられるノーラは、放浪者の導きに従って、自然の中に旅立つ。その決断は、自己を見失った結果ではなく、ダンとマイケルとの生活に何が最も欠けていたかを知る、「話し上手」ノーラの醒めた現実意識からである。

喜劇のおかしさとシングの独創が最も痛烈に見られるのは幕切れである。取り残される敵同士の夫ダンと愛人マイケルが、酒を酌み交わして、三角関係の皮肉な和解になる。

（ノーラは放浪者と一緒に去る。マイケルはそっと二人のあとを追おうとするが、ダンが引き止める）

ダン　さあ腰をおろして、少しやらないか、マイケル・ダーラ。わしゃひどく喉が渇いた。それにまだ宵の口じゃ。

マイケル　（テーブルの方に戻ってきて）俺もひどく喉が渇いたよ。あんたのせいで縮み上がったし、昼からずっと山の雌羊を追ってたもんだからな。

ダン　（杖を投げ出して）おまえをぶってやろうと思ったがな、マイケル・ダーラ。でも、かわいそうだ。おまえはおとなしい男だから許してやろう。（ウィスキーを二杯注いで、一つをマイケルに渡す）

ダン　おまえの健康を祝して、マイケル・ダーラ。

マイケル　ありがとよ、ダニエル・バーク。あんたも長生きして、穏やかに暮らし、達者でおられるように。（二人乾杯する）

この幕切れには、「おとなしい男」や「穏やかな暮らし」に表される、無気力と鈍感が明らかであり、ノーラと放浪者の旅立つ姿が、あとに残される二人の安堵と自己満足に、強い喜劇的照明を当てる。ただ、みすぼらしい、おどおどした、無名の放浪者の姿から浮き上がる「すてきな話」――ロマンティックで詩的な自然礼賛には、「言葉による現実の変容」（J・アレグザンダー）が否定できない。痛烈な幕切れのために、直前に旅立つ二人へのアイロニーよりも、観客は一方的に感情移入して、アウトサイダーの自由の主張、想像力の発露に共感する。

ローカルカラーに富む背景と現実、陰影に富むノーラの人物像の魅力、一方では、類型的なファースの約束事とラストの「皮肉な反転」による笑いの共存で、『谷間の影』はシング喜劇のスタートとなり、悲劇としても喜劇としても曖昧さを残す、アイルランド演劇の特徴となる。しかし初演は、ナショナリスト的立場のジャーナリズムや観客から攻撃され、続くシング作品群の不評を招くことになる。

フィッツモーリス『パイ皿』

アイルランド喜劇得意の「神話作り」による「縁結び」の穏やかな農村劇『田舎の仕立屋』で、一時は第二のシングと期待されたジョージ・フィッツモーリス（一八七七―一九六三）は、その後『パイ皿』や『魔法の鏡』など、不思議でグロテスクな悲喜劇に転じて、観客の不評と閑却を招く。ある観念に取りつかれるエクセントリックな主人公と、周囲との軋轢を、伝承のファンタジーと日常生活のリアリティを組み合わせるスタイルで描く「ファンタスティックなリアリスト劇」（M・トロッター）で、リアリズム劇や喜劇を求める時流から離れる、個性的作風の暗い喜劇である。作者が生まれ育った北部ケリー地方に根ざす、鮮やかな人物造型と、生気溢れる方言の作品群で、現実感と想像に満ちた、皮肉なテーマの独特の劇世界である。

農村と農民の現実を基盤とするが、民話や迷信を信じ、超自然や異教精神にもなじむ農民の内なる現実も重視するから、ほとんど民話的語り口、超現実的プロットであり、現実とファンタジーとの乖離あるいは衝突のため、リアルで超現実的、滑稽で厳しく、ユニークでグロテスクな、悲喜劇になることが多く、その代表作が『パイ皿』（一九〇八、ダブリン、アベイ劇場）である。「いつも畑で精出しとった」八〇歳を越えるリアムが、パイ皿作りに取りつかれる。その執着は「砦」で一夜を過ごした時に始まり、構想に三〇年、制作に二〇年を費やしている、ライフワークである。「われわれならシチュー鍋と呼ぶ、ミートパイを作る深い容器に似たもの」（A・B・マクギネス）あるいは「飾り立ての陶製のパイ皿」（F・ブレナン）だから、孫のユージーンが「あのパイ皿にはでかい不思議がある」と言っても、神父が「これに何の神秘があるのか」と問うように、周囲の者には、日常的価値も象徴的意味も見出せない、無益な憑き物であり、リアムの奇行でしかない。卒中のリアムを二人の孫が長椅子に寝かせる騒ぎと、父リアムをめぐる二人の娘の内輪もめとで、長い提示部をもつが、短い一幕劇である。

肝心の農作業を無視するリアムの行為は、家族にとって、農村社会の仕きたりや価値観を破る「愚行」「悪ふざけ」「不名誉」「恥」であり、何の利益にもならない迷惑でしかない。周りの俗世間に一人断固たる姿勢を貫くリアムは、農民というより、「無関心や無理解の環境に身を置く芸術家―夢想家―現実逃避者」（C・W・ゲルダーマン）とも、「芸術家の挫折のアレゴリー」（A・クラーク）ともいえようが、作者はリアムの執着と農民社会との軋轢を、苦い滑稽で捉え、ファース的場面が大部分を占める。

パイ皿完成の直前、リアムは冷淡な家族や神父の臨終の祈禱の願いを拒み、悪魔に時間の猶予を乞うてでも完成させようとする。

（周りをボーッと眺めて）死に際だと言ったのは神父か？（急に身を起こし、両手でパイ皿を抱え、テーブルの片隅に一歩進む）真っ赤な嘘じゃ。死に際は来てねえ。天の神様、無慈悲にわしをこうしてこの世から連れ出しゃしねえでしょう！　ああ、痛みが走る！　神様、時間をくだせえ――きっと時間をくださる――わしのパイ皿を仕上げる時間をお願えします！　まったくひでえ痛みじゃ。（身を震わせて）神様、やっぱし時間をもらえねえですか。ああ、死ぬ痛みじゃ。天の神様、時間がいるんです――神様から時間をもらえねえなら、悪魔がくれるかも！　悪魔に時間を頼むんじゃ、わしのパイ皿を仕上げる時間を悪魔に頼むんじゃ。そしたらわしは身も心も永久に悪魔のものになる！

ファウスト的取り引きに、「リアム震え、パイ皿が落ちて割れる。リアムが叫び、椅子に倒れる」とト書が付いて、冒瀆の死の終幕になる。死に際で、身内よりパイ皿に執着するリアムの異様さは「異教徒的」で、呼ばれた神父にとっては「邪教」「狂気」「悪魔」の仕業でしかない。忠告を無視されて、二人の激しい対立は、怒りと憎しみに満ちた激しい言葉の応酬になる。

ファンタスティックなヴィジョンは、リアムには到達できないゴール、周りには迷惑な災難で、現実社会では潰えるしかない。超自然との接触でパイ皿に取りつかれるリアムは、危険視され疎外されるアウトサイダーであり、現状を脅かすアンチヒーローである。ファンタジーへのオブセッションを共感をもって描きながら、そのための孤立と痛みも捉えて、簡単に夢を実現させせない、作者の世界観はシニカルで暗い。止みがたい衝動と独自の想像で行動するリアムを主人公とする『パイ皿』は、シリアスなテーマをファースの装いで描く悲喜劇である。何よりも、平凡な日用品に担わせる、不釣合いで不可解な象徴で、『パイ皿』は滑稽なアイロニーの佳作になる。

「夢想家とその打ち砕かれる夢」（C・W・ゲルダーマン）という作者のテーマは続く。『魔法の鏡』の中年男ジェイモニーは、農作業も結婚もせずに、二〇年以上も屋根裏に引き籠り、祭りで「褐色の女」から買った「魔法の鏡」を眺め続け、家の崩落とともに、鏡で喉を裂かれて死ぬ。四〇年以上も人形作りに執着する『ダンディ人形』のロジャーは、完成が難しいのではなく、完成のあと、異形の者に狙われる人形争奪戦が問題である。

作者が「年をとった悪ふざけの子供たち」とする、これらの主人公たちは、必然的に目的を達成できないで終わり、見方によって悲劇的あるいは喜劇的であり、グロテスクあるいはアイロニカルな悲喜劇の世界にならざるをえない。

オケイシー『狙撃兵の影』

当時まだ記憶に新しいアイルランド現代史の動乱を、下層階級の現実と夢に焦点を合わせて活写する、通称「ダブリン三部作」は、ショーン・オケイシー（一八八〇―一九六四）の評価と人気を決定的にする。イギリスからの独立を目指すアイルランドの激動と変革の非常時を背景に、自らの体験も織りこみながら、経済的に貧しく、政治的に素朴な民衆が、イースター蜂起―独立闘争―内線に否応なく巻きこまれる悲喜劇を展開する。独立のための対英ゲリラ戦争がピークに達する一九二〇年、ダブリンの「共同住宅の喧噪と絶えず衝突する詩人の窮地」を描く『狙撃兵の影』（一九二三、アベイ劇場）が、創作順では最初である。

戒厳令が敷かれているダブリン。住人から逃走中のガンマンと誤解されている詩人気取りのドナルと、ゲリラ闘争に挫折感を抱く行商人シェーマスが同居する、スラム街の安アパートの一室。そこへ本物の狙撃兵マグワイヤが現れ、爆弾ケースを預けて、すぐ姿を消すが、間もなくその暗殺の情報が伝わる。鎮圧の補助部隊ブラック・アンド・タンズによる手入れがあり、ドナルに淡い恋心を抱く住人ミニーが、急場を救うために、ケースを預って逮捕され、待ち伏せのＩＲＡとの小競合いの犠牲となる。ミニーの死は、その過程で起こる悲劇的エピソードにすぎないかもしれないが、大きな社会的動乱の中で捉えるのがオケイシーの魅力で、作者は「二幕の悲劇」（副題）と規定する。

イースター蜂起を直接の導火線とする独立運動が、一つには、ナショナリズムに傾いて労働者階級を置き去りにし、一つには、独立の条件をめぐって味方同士が血で血を洗う内戦に突入する状況に、オケイシーは激しい幻滅と嫌悪を抱き、独立闘争も独立そのものも輝きを失って、ヒロイズムの大言壮語やナショナリズムの偽善に痛烈な皮肉を浴びせることになる。苦い気分は創作時期と関わり、舞台は「一九二〇年五月」と指示されても、作者は「一九二一年の出来事を描き、それに一九二二年の内戦の雰囲気を吹きこむ」(C・D・グリーヴズ)からともいえよう。
詩を詠もうとしても、共同住宅では次々に滑稽な住人たちの邪魔が入り、逃走中の狙撃兵という彼等の誤解をむしろ楽しむ、ポーズだけの「へぼ詩人」ドナルには、作者の姿——プロテスタントでありながら支配階級に属さず、居住のスラムではカトリックたちに囲まれ、肉体労働をしながら文筆に生きようとする自身の反映があり、手入れの恐怖も実際に体験している。
おしゃべりだけで無為なシェーマス、「アンチ・ヒロイックな行商人で賢いフール」(D・クラウス)のシニカルな痛罵にも、作者の苦い気分と時代の矛盾の投影がある。

この国は狂ってる。ロザリオをつまぐる代りに、今は弾丸を数えてる。アヴェ・マリアと主の祈りは爆発する爆弾——爆発する爆弾と機関銃の音だ。ガソリンが聖水で、ミサは燃える建物、デ・プロフンディスは「兵士の歌」で、その信条は、天と地の創造主たる全能の銃を信じますだ。それですべては「神の栄光とアイルランドの名誉のため」とくる。

オケイシーの「意見」が託されても、二人が作者を代弁する肯定的人物にはならない。追われる狙撃兵という英雄視を黙認するドナルも、社会と時代を見抜く臆病者シェーマスも、嫌悪すべき自己欺瞞あるいは滑稽な矛盾を見せ、ミニーの死への二人の自己中心的な反応には、作者の皮肉な批判が明らかである。そしてミニーの悲劇も、ヒロイックな自己犠牲であるより、ナイーヴな乙女の思いこみによる英雄崇拝のメロドラマである。ミニーの死に対する責任を自覚しながら、Ｐ・Ｂ・シェリーの詩句を口にするドナルには、自己憐憫のポーズが見られ、責任感とは無縁のシェーマスの迷信には、人間としての卑小さが見られて、作者の「二重のアイロニー」（Ｈ・コゾク）が感じられる。

しかし、厳戒令下の動乱の中で捉える悲劇には、同時に人物造型の面白さがあり、おかしな人々の突飛な喜劇と皮肉な笑いが横溢する。見すぼらしい生活環境と厳しい社会状況のもとで、リアルな庶民言葉と誇大なおしゃべりを駆使しながら、内部矛盾を抱え、言動不一致を晒す、真に劇的なスラムの住人である。たいていはほら吹きや臆病者で、ゴシップ好きが代わるがわる登場して場面をさらう。ＩＲＡ兵士と見なすドナルに、隣人への苦情を、大げさな法律用語の誤用の手紙で訴えるギャロガー、氏に同行して、「学者さんに分解されたよい手紙」と、言葉の誤用だらけのヘンダーソン、英雄崇拝のおしゃべりをやたらにするトミーなどを配する。作者のアイロニックな視点から、「狙撃兵の影」に惹かれる庶民の愚かさや滑稽さを暴き、その恐怖心や勇気も捉えて、「人物描写でありカリカチャ」（Ｇ・オコナー）でもある。

しかし、豪勢な登場人物がドラマ全体とどう関わるかと問うと、一人ひとりの台詞は面白く、個々のエピソードはよくできているのだが、全体的構想には必ずしも寄与しない、「エピソード的構成」（Ｊ・シモンズ）である。トミー、マリガン氏、ギャロガー氏、ヘンダーソン夫人の華やかな喜劇的人物は第一幕だけで放棄し、第二幕で新たにグリグソンを登場させる。住人の出入りが自由な、プライバシーのない共同住宅の雰囲気と、部屋の二人が無為な口舌の徒であるためとで、さまざまな人物の登退場がプロット代りになる、ゆるやかな組み立てである。だから動乱の時代の惨劇あるいは無辜の民の悲劇で終わっても、ファースの要素が多い悲喜劇になる。

「ダブリン三部作」を、オケイシーはいずれも「悲劇」と呼ぶ。「死と病と混乱のサタンの三位一体」を扱う「三部作」は、悲劇的ではあるが、人間と社会への笑いに満ちて喜劇的でもある。時代に翻弄される民衆の苦悩と滑稽が不可分に混合した悲喜劇である。そうした笑いの「呪いと祈り」の二重性で、「三部作」は傑出し、『狙撃兵の影』はその嚆矢となる。

ジョンストン『黄河の月』

独立直後のアイルランドの政治的混乱を扱う、デニス・ジョンストン（一九〇一―八四）の『黄河の月』（一九三一、アベイ劇場）は、愛国の理想と流血の現実との相剋を、一見、三単一の規範を守るオーソドックスなリアリズムで捉える、同時代史劇である。だから時代の風潮を「精査し、探求する劇」（H・フェラー）でありながら、アイロニーとパラドックスによる、笑いに満ちた「思想喜劇」（T・キルロイ）でもある。

一九二七年頃、アイルランド自由国成立をめぐる内戦は一応終息しているが、イギリス自治領であることを認める自由国派と、イギリスからの完全独立を目指す共和派の反目が続き、政府による反体制派の大量処刑が問題になる。さらに、安い電力供給で工業化の推進を図る、巨大プロジェクトのシャノン計画をめぐる対立が重なり、二つの時事的コンテクストを焦点に、自由国派と共和派の抗争、開発派と守旧派の衝突が、ドラマの要である。舞台は「今は住居として使用されている古い要塞」で、近くに発電所の音が聞こえ、戦乱の過去と未来の青写真のあいだで混乱を極める、アイルランドのシンボルとなる部屋である。

開幕早々まず訪れるタオシュは、発電所建設にたずさわるドイツ人技師で、ひたむきなドイツ精神と現代テクノロジーの闖入となり、アイルランドのアナーキーに直面する。ようやく対面する当主の「著名な鉄道技師」ドベルは、世捨て人のようにあらゆる状況から身を退けて、超然としたアングロ・アイリッシュの側面を見せながら、「皮肉な神経症」で、外国人技師としてナイーヴなタオシュとの交流が、もう一つの興味となる。

独立アイルランドの方向をめぐるシリアス劇の人物は奇人たちで、「一種の知的ファース」（R・ウェルチ）になる。冒頭のタオシュ登場は当主の招待であるのに、家政婦アグネスに無視され、奇矯なコランバ伯母に冷たくあしらわれ、元水夫のジョージとポッツのコミック・リリーフを挟んで、皆がアイルランド的ホスピタリティを裏切る風変わりな一団である。タオシュのオプティミズムを破る現実は、覆面のガンマンの登場で、すぐアグネスに息子ウィリーと見破られ、発電所爆破計画を明かしてしまい、続いて登場するリーダーのブレイクが、ジョージとポッツの製造する弾丸で、「革命」のために発電所を爆破する予定を告げる。タオシュは電話で当局に通報するしかない。

かつては武器庫、今はドベル家のがらくた置き場の第二幕も、困難を抱えるアイルランドのイメージを引き継ぐ。『黄河の月』は、「国家の誕生」をめぐる、妥協のない多様な対立を、喜劇的言動とシリアスな討論が交互に起こる悲喜劇となる。

発電所爆破計画が進行する中で、その可否をめぐる「公開討論」「裁判」をブレイクが主宰する。証人となる、ドベルの娘ブラニッドはタオシュの人柄を、伯母コランバは機械依存を、ジョージとポッツは苦心の弾丸を、ウィリーは爆破後の雇用を、アグネスは騒音を、それぞれ話題にし、対立する見解を表明していく。ドベルは、「進歩は、邪悪な動機をもつ有害な人々の所産だ」と逆説的論理を示す。ブレイクは、アイルランド・ナショナリズムのロマンティックな理想主義から、タオシュの素朴な進歩の見解とも、ドベルのニヒリスティックな立場とも相容れない考えを提示し、分別を欠くが魅力的な夢想家である。

理想主義とリアリズムの「公開討論」が、本格的な議論になるかならないうちに、タオシュの通報で政府軍が到着し、急拠点火の弾丸の空振りで、政府軍を率いて登場するラニガンが、一言も発しないで、突然ブレイクを射殺する。自由国が内戦で反体制派の捕虜七七名を処刑した現実の強硬策を反映する、かつての同志の冷酷な処刑で、「討論会」が修羅場と化する衝撃的な一瞬である。タオシュが「こんな国はない……ひどい討論会だ！　誰もが話しばかりしたがる……が何一つ起きない」と呆れる目の前である。

第三幕初めに、ドベルの痛切な個人的体験——娘ブラニッド出産のために、当時のカトリックの教えで妻が犠牲になった矛盾と、それが原因で娘に冷淡になり、自らの世界に閉じ籠り、あらゆる理念にシニックな立場が明らかにされる。人生の不可解な痛みと矛盾を抱えこんだ個人的パラドックスが、「国家の誕生」をめぐる政治的ジレンマと反映し合って、ドラマの構造が初めて明確になる。

タオシュとラニガンが加わって、作者独特のパラドックスに満ちた討論に導く。ラニガンのブレイク殺害を単なる「殺人」とするタオシュに対して、ラニガンは、「国家の誕生」に伴う痛みで、秩序維持のためにやむをえない行為であったと弁明する。武力蜂起で独立を獲得したアイルランドの戦いと殺戮の歴史をふまえるドベルは、個人的悲劇を重ねて、「国家の誕生は無原罪懐胎ではない」とタオシュに説く。双方の言い分を取り上げて、「解答がない」現実の矛盾と多様性を扱い、作者が得意とする弁論シーンになる。その際、ファース的な笑いを底流とする「思想喜劇」の手法を用いる。

タオシュとドベルのディスカッションの最中に、これまで不発で厭気がさしていたジョージとポッツが、最後に投棄した弾丸が命中して、発電所爆破が成功してしまう。失敗が転じたアブサードな目的達成、その前提となる爆破の正邪の決めがたさで、爆破の偶然は笑いのためのエピソードではすまない。

懐疑的なドベルには、ブレイク殺害も発電所爆破も批判の対象であるが、それぞれに不可避であることも認めざるをえない。問題に明確な解答はなく、異なる立場を分別と洞察で捉える『黄河の月』は、単純さを拒む悲喜劇の視点が一貫している。

ドラマを締めくくるのは、ややセンチメンタルな個人的レベルで、妻の死と内戦の抗争で「皮肉な神経症」のドベルが、正邪の分かちがたい人生を受け入れなければならないと悟り、ようやく娘への赦しないし同情を見出して、長い反目のジレンマに決着をつける。国家的レベルの解決の難しさと比べれば、個人的レベルの突然の解決は、唐突で楽観的だが、「ジョンストンの世界観は、もちろん悲劇的苦難を認識しているが、基本的には喜劇的である」（C・マレー）といえ、現実から目を逸らさないジョンストン劇は、悲喜劇の基本構造をもつ。

2　ダブル・フォーカス

聖者の霊水によって、盲目の乞食夫婦が開眼する奇蹟を趣向とする『聖者の泉』（一九〇五、アベイ劇場）は、想像と現実、言葉と実態の関係を扱う、シング劇の傑作である。

人里離れた山地の十字路で物乞いするマーティンとメアリーは、村人に「東部七州で一番の美男美女」とからかわれているとも知らずに、「一時間でも一分だけでも」互いの姿を肉眼で確かめたいと願う。通りがかりの「聖者」の奇蹟が、村人の嘲笑と皮肉の真っただ中で実現し、自他ともに許してきた絵姿に全く反する「哀れな姿」にぽかんと立ちすくみ、殴り合おうとする。

『聖者の泉』は盲目─開眼─盲目を経巡る乞食のドラマで、第一幕で笑劇的に、第二幕でリアリスティックに、そして第三幕で悲喜劇として完結する。

「目が見える時」のマーティンは、視界に入ってくる現実の実相を鋭く捉え、幻滅と失望を深める。唯一の例外は、盲目のヴィジョンの具現と映る村娘モリーで、マーティンは恋の逃避行に口説く。釣り合わない滑稽な求愛は撥ねつけられ、そのどん底で盲目に戻る。

　聖者の再登場で、再び開眼に直面するマーティンは、聖水を決然と振り払って、目の見えない権利を主張し、心の楽園、想像の南方への逃避行に活路を求める。


　鍛冶屋ティミーのように働いて汗をかくのもよし、あんたみたいに断食して祈りや説教をするのもよいが、わしらは盲目の乞食で、そよ風が春の小さな葉っぱを吹き返すのを聞き、お天道さまに当って、暗い日や聖人や世間を渡る汚い足を見て、魂を痛めることがないのもよいいんじゃよ。


古今東西を問わず、対立葛藤を基本とする演劇は、さまざまな形で二元的構造を示す。日本の能は、生者と死者の交錯するダブル・フォーカスの手法で、中入りを挟む複式構造をもつ作品が多い。エリザベス朝演劇が、サブ・プロットを併用するダブル・プロットを多用することは、シェイクスピアの悲劇や喜劇が典型的に示す。

　アイルランド演劇の悲喜劇は、悲劇と喜劇の重複で、客観的現実と主観的意識、コミュニケーションとアイデンティティの不安定など、さまざまな視点の複合による二元的構造をもつ。

　アイルランド演劇運動に多大な貢献をしたグレゴリー夫人のポピュラーな喜劇『月の出』は、ほとんど巡査部長と脱獄囚の二人芝居で、被征服者の「二つの忠誠心」というアイルランド的主題を展開する。

フリールの『さあ行くぞ、フィラデルフィア！』は、アイルランド独特の移民劇であるが、主人公ガーをパブリック・ガーとプライベイト・ガーに二分して、二人を舞台に登場させる二元的フォーカスで、今日のアイルランド演劇のスタートを切る。

長い植民地支配を経て独立したアイルランドは、人種や言語、文化や宗教からして二元的・多元的で、現実を鏡に写す演劇が、ダブル・フォーカス、ダブル・ヴィジョン、ダブル・イメージを特徴とするのは自然である。歴史や国土の成り立ちは、心理的なダブル・パースペクティヴと不即不離であり、演劇的には内面の矛盾、亡霊の登場、父子関係のテーマなどと関連していく。

イェイツ『骨の夢』

愛欲のために国を裏切り、「アイルランド史の原罪を犯した」（A・ブラッドリー）二人の恋人の亡霊と、現代アイルランドの原点といえる一九一六年のイースター蜂起に参加した若者を対決させる、ダブル・フォーカスの設定が、W・B・イェイツ（一八六五―一九三九）の『骨の夢』（一九三一、アベイ劇場）の趣向である。全く不意を突かれた蜂起と指導者の処刑に衝撃を受け、「恐ろしい美が生まれた」と詠んでからまだ生々しい一九一七年の創作である。

ダブリンから遠いクレア州の不毛な農村で、歴史の記憶が強く残るゲール文化の土地。夜明け前の暗闇に、疲れきった一人の若者がよろめき、祈りながら登場する。「昔の服装をして、英雄時代の仮面を着けた」見知らぬ男と若い女が現れ、若者が掲げるカンテラを吹き消す。男の問いかけに若者は、蜂起の拠点の中央郵便局で戦ったが、敗れて逃れてきたこと、夜明けにアラン島から迎えにくる小舟を待つことを話す。仮面の男は山中の安全な隠れ場を知っているから案内しようと言って、廃墟となった修道院を通って、海を臨む山頂へ導く。実際には、何もない舞台を回り、一周ごとに楽師が道行を謳う。

能の発見で再び劇作の意欲に駆られたイェイツが、『錦木』に直接ヒントを得て、蜂起の衝撃を能の技法で劇化する。コーラス、仮面、踊りの要素や、特定の土地との結び付きや亡霊の登場など、イェイツの「舞踏劇」の中で最も能に近い能プレイである。ハッピーエンドの『錦木』の恋人たちの亡霊からイェイツが思いついたのは、一二世紀、ノルマン人の侵攻とイングランドの支配を許した、不倫の王族ディアミードとダーヴォギラで、二人が『錦木』のシテとツレに対応し、二人の魂を救うワキの旅僧に、蜂起に参加した愛国者を想定して、売国奴の霊魂と対峙させる。

「アイルランド自体の罪の永遠の亡霊」（D・R・クラーク）と、その罪への抵抗者、歴史の原点と到達点の双方に焦点を合わせて、「アイルランド国民の精神生活」（L・E・ネイサン）を凝縮する。過去と現在、超自然と現実、あるいは亡霊と若者、瞑想と行動が出会うのに相応しい時と所とプロットのいわばダブル設定で、観客を「二層のリアリティ」（D・R・クラーク）の世界に引きこむ。

生きている者には見つからない隠れ場に案内すると男が言うことから、自然に亡霊の話になり、男女の話と自然の光景から、若者は徐々に男女の正体に気付いていく。亡霊は呪われた運命――罪の想い出のために七〇〇年以上も離されて、山野を放浪し、亡霊も人間も口を利いてくれず、互いに求めながら唇を合わすこともできない孤独を嘆いて、正体をほのめかす。罪の意識に苛まれて天国に行けない霊魂が、情念を浄化して、罪を忘れるか自らを許すまで、昔の出来事を繰り返し追体験しなければならないという、イェイツのオカルト理論が言及される。

外国の軍隊を引き入れた二人の罪は、今日まで続くアイルランドの悲劇の淵源であるため、自己の精神だけではその記憶を消すことができず、その結果を引き継ぐ現代の許しによってのみ罪滅ぼしが可能である。しかし、誰かアイルランド人が「わたしは二人を許す」と言うなら、呪いが消えると説かれても、若者は「絶対に許しはしない」と断固として三度繰り返す。

征服と圧政の歴史をふまえて、アイルランドの再生をはかるために戦った若者は、「良心の迷路」を放浪する男女の苦悩に同情しながらも、慈悲を乞う亡霊の願いを拒む。イェイツは、罪人たちの情熱と願いを思いやりをもって描きながら、若者の決意の正当性と心の微妙な揺れをも公平に捉える。旅僧の読経によって、迷える霊魂が、過去の罪障あるいは現世への執着から解放され、成仏するという、多くの能との違いである。

夜が明けはじめ、三人はもう一周して山頂に着く。アラン島を望む若者は、「もしあの罪が犯されなかったら／われわれの国はとても美しかっただろう」と思わずにはいられない。「すんでのところで何もかも許すところだった」と一瞬のためらいを示す若者の葛藤は、人間性の証でさえあるが、「許す」と言ってくれない若者のために、呪われた亡霊は、引き離されたまま見つめ合い、踊りながら、果てしない幽冥界の放浪の旅に消えていく。

亡霊たちの愛と誘惑の踊りは、僧の回向によって恋を成就できる『錦木』の喜びの踊りではなく、若者と折り合えない苦悶と後悔の踊りである。

情欲の充足のために先見の明を欠いて、外国の軍隊の侵攻を招いた男と女が、その罪障に悩む姿は哀れであっても、許してくれるヒロイックな魂に出会うことができない。蜂起に加わった若者は、本能的には二人に同情しても、アイルランドの苦境がその歴史の「原罪」によることを知っている。だからまた過去への憎悪に縛られたままで、未来へのヴィジョンを抱けない。

それぞれに歴史の重みに苦しむ悲劇的存在で、相手の立場に十分合点がいかず、後悔と無理解、憐みと反発の溝は簡単には埋まらない。「原罪」の男女が蜂起の青年に許しを求め、蜂起の若者が「原罪」の亡霊に運命を托するアイロニーは、観客をアンビヴァレントな心境に追いこむ。

「自らの歴史の結果に動きがとれず、そこから抜け出すことができないアイルランドの精神的状況」（A・S・ノウランド）を具象化するダブル・フォーカスへの反応は、複雑で曖昧にならざるをえない。

イースター蜂起に参加する若者の熱いヒロイズムと、「許す」犠牲的ヒロイズムを欠く「石」の心の矛盾を止揚して、憎悪と暴力の悪循環を断つことが、アイルランド再生のためのイェイツの願望であろうが、その願いを裏切る形で、若者のジレンマに同情と恐れの矛盾した心境を表す。

『錦木』による恋愛劇でありながら、歴史と精神的風土を主題とする、極めてアイルランド的な劇であることが、大きな相違であり、蜂起の若者の活用にイェイツの着想の見事さがある。今日性と現実性で緊迫した現代劇でありながら、皮相な写実から離れ、様式性に富む、能の様式を借りて見事な一幕物にした『骨の夢』は、イェイツの代表作の一つである。

ベケット『クラップの最後のテープ』

『ゴドーを待ちながら』で世界の演劇界を揺さぶったサミュエル・ベケット（一九〇六―八九）には、他に少なからぬ舞台劇があるが、そのほとんどは単独上演には不向きな、ごく短い小品である。しかし、いずれも新奇な趣向や手法の問題作で、その中で『クラップの最後のテープ』（一九五八、ロンドン初演）は、ベケットの粋を集める一幕の一人芝居で、完成度の高い、しかもポピュラーな代表作の一つである。

相方のいない一人芝居に見られがちな、一つの声がしゃべり続ける不自然さ、あるいは不自由さを避けるのは、テープレコーダーの活用で、声の調子を変えて、モノドラマをあたかも複数の人物による対話劇にする。目も耳も足も不自由で、乱れた白髪、白い顔に紫の鼻、短いズボンにどた靴の、異様な風采と身なりの上、机の引出しからバナナを取り出して食べ、その皮で滑る――型どおりの道化やコメディアンのような、老人クラップが、机上のテープレコーダーを操作する。

誕生日ごとに一年を振り返って、その間の出来事や現況の所感をテープに吹きこみ、また過去のテープを聴くのが、誕生日の儀式のようである。語り手で聞き手にもなる、その習慣をいつ始めたのかはわからないが、テープをしまう箱と、インデックスになる書付けから、長年の習慣らしい。ト書の冒頭を「未来のある夜」と指定するのは、レコーダーの普及時期と吹きこんだテープの内容が、食い違わないようにする周到さを示す。

今日六九歳の誕生日のクラップが、三〇年前のテープの声でも登場し、聞き手が話し手にもなる「声のデュエット」（R・G・ロリンズ）で、舞台には老人クラップ一人でありながら、壮年クラップが同時にいる、ダブル・フォーカスの対話劇になる。

テープは「一年ごとに録音された述懐の自伝的ライブラリー」（M・エスリン）であり、「時期と追憶と自己が層をなす」（I・ルーフ）「日記ともアルバム」（K・ヴァイス）ともなる。一年を語るテープは、近過去のことだから信憑性は高いだろうが、「操作」や「歪曲」や「ごまかし」（D・E・S・マクスウェル）がありうるだけでなく、歳月を隔てる現在のクラップとの「二重のモノローグ」（P・ローリー）による語りは、時には当人にさえ捉えがたい。

酒呑みの老人クラップは、たびたび舞台奥の暗闇に行って、酒を呑む。そして意識の働きを示す「強い白色の光」の中に戻って、三〇年前のテープを聴く。追体験するクラップは、「強い声、むしろ勿体ぶった」三九歳の自らのテープに困惑して、辞書を引いたり、テープを早めたりする。しかもそのテープがさらに二七か二九歳の自分の「向上心」や「決意」を嘲笑って、老人と壮年と青年の三代にわたる感情の交錯を示すことさえある。

三九歳の主な出来事が三つある。「精神的に深い憂うつと貧窮の年」で、メランコリックな思い出であるが、回想のノスタルジックな雰囲気を伴う。

一つは「ついに母の永眠」で、堰の側のベンチに坐りながら、病室のブラインドが下がって、母の死を知る語りで、二人の関係がよくなかった苦悩とそれからの解放がわかる。

二つめは、壮年のクラップが「忘れがたい彼岸の日」に、嵐の突堤で「突然すべてがわかった…ヴィジョン」を吐露するもので、老人クラップは冴えない現状から聴くに堪えず、二度テープを先に飛ばす。断片の「自己の闇を抑えこもうとする苦闘」は、自らの生き方とも作家としての創作とも関係する、重要な転機だったかも知れないが、詳細は不明のまま終わる。

そして三つめは、湖に浮かぶ小舟で、恋人と最後のデートをした「愛の別れ」で、老人はテープを巻き戻して繰り返し聴く。

わたしは彼女の上になり、乳房に顔を埋め、手を置いた。横になって、身動きしなかった。しかし二人の下ですべてが動いていた。上下に、左右に、静かに動いていた。

官能的な回想で、愛の好機を逃がした「ばか野郎」と感じるクラップであるが、愛の葛藤を打ち消す。

ここでこのリールを終わる。箱（間）三、リール（間）五、（間）おそらくわたしの最良の年月は過ぎた。幸せになるチャンスがあったのに。しかしあの年月を取り戻したくはない。今の情熱では。

　いや、取り戻したくはない。


「情熱（ファイア）」は、「〈忘れがたい彼岸の日〉の体験で生み出された、創作の勢いと洞察」（B&S・フレッチャー）であろうか、それとも作家としての成果のなさを自嘲する壮年のクラップが、愛を捨てて文学を選んだ心情であろうか、老人クラップは呆然として、「身動きせずに前方を見つめ、沈黙のテープが回り続ける」皮肉な終幕になる。

　母の死、恋人との別れが、作家としての迷いと重なる、最も重要な年で、三つの出来事をピックアップする三〇年前のテープは、三九歳のクラップの内面の語りであると同時に、六九歳のクラップの感慨とも重なる。歳月の経過で、晩年の孤独と後悔の追憶をより多く語っている。

『クラップの最後のテープ』を見事な舞台にするのは、テープレコーダーの活用による。現在と過去の「声のデュエット」（R・G・ロリンズ）が、一人を二人にして対話を可能にし、時の経過を示し、事実と感慨を重ねる、ダブル・フォーカスの着想が見事である。

　繰り返しのきく手法ではないだろうが、ベケットはその後、『しあわせな日々』『あの時』や『ロッカバイ』などでも、一人称の語りに近づく小品はすべて、孤立する主人公のイメージ、内面の語りのモノドラマで、劇作に転ずる前の一人称小説の内的独白あるいは独り言に似る。

レナード『おやじ』

首都ダブリン郊外の中産階級を主に扱い、風刺の対象にしながら、観客に大受けのヒュー・レナード（一九二六―二〇〇九）は、現代風俗喜劇によるエンターテイナーであり、テレビ、ラジオ、映画の脚本など、多才で多作な職人芸の人気作家である。政治やナショナリズムは、風刺やバーレスクの材料にして、むしろ新興の富裕な都市郊外族の生態を、ウィットとアイロニーに満ちた巧みな会話で笑いのめす、喜劇やファースを得意とする。

しかし『おやじ』（一九七三、ダブリン、オリンピア劇場）は、その傾向から少し逸れて、半ば自伝的な作家を主人公にして、平凡で貧しい庭師の養父との父子関係を扱う。父と息子の関係は、アイルランド演劇に典型的な人気テーマで、時空を自由に操る、日常生活の活写がそれを活かす『おやじ』は、ユーモアとペーソスに満ちた佳作である。

ロンドンに離れて暮らす、中年の作家チャーリーが、「おやじ」の葬式で慌ただしくダブリンに帰る。あるクエーカー教徒の庭師を半世紀もしながら、なけなしの手当でお払い箱になる、貧しい父親の遺品も書類も、跡片付けは簡単で、半日の手間にすぎないが、かつての学友オリバーの弔問のあと、台所兼居間に独り残り、「がらくた」に取りかかっていると、驚いたことに、おやじが姿を現す。

出ていって放っといてくれ。あんたは死んだんだ。ディーンズ・グレンジの地下六フィートの棺の中……おふくろと一緒だ。俺が運んだんだ……終わりだ、あんたは死んだ、だから俺の頭から消えてくれ。

おやじが登場するのは、もちろんチャーリーの意識ないし記憶の中で、「舞台にいるのは一人の男だけで、他の人物はすべて亡霊です……生きているのは、劇の始めと終わりに若干いるだけです」と作者が説明するように、オリバーと、若きチャーリーの上司ドラム氏以外は、母親も含めて「亡霊」で、チャーリーの回想の中の登場である。父子の現在と過去、現実と思い出が交錯する、内面的で柔軟な「二重の時間構成」（F・パイン）による追憶劇である。

チャーリーは、現在の四〇代前半の中年作家と、一六、七歳の「若いチャーリー」と、二人の役者で二重に現れる。おやじは亡くなったばかりの亡霊と、チャーリーだけに見える姿と、二重になる。『おやじ』は、現在と過去のチャーリーとおやじに焦点を合わせる、ダブル・フォーカスの劇である。「舞台の子宮」は、台所兼居間の小さな空間にすぎないが、「ニュートラルなエリア」が照明によって、さまざまな場所になる。しかもチャーリーの頭の中の追憶だから、主観的リアリティに適合するドラマツルギーである。

追い払おうとしても頑固に抵抗する養父の亡霊に導かれて、「若いチャーリー」が他の亡霊、登場人物たちに出会い、相対するうちに、チャーリーは不愉快な回想に取りつかれる。女性との交際を妨げ、ナチスを礼賛し、庭師として卑屈な父への不快感に襲われる反面、無私で楽天的、お人好しで暖かな人間性に親近感を抱くこともある。回想と現実が絡まる巧みな構成と、情感と不快感のアンビヴァレントな口調から、ユーモアと笑いが生じる。

そして雇主やドラム氏から、チャーリーが贈り続けた小遣いに手を付けずに遺した金と、庭師としてのわずかな年金と、退職記念に渡されたサンフランシスコ地震につぶされたメガネの塊を持ってこられて、やりきれない気持で、頑固な父を頭から追い払おうとする。しかし、おやじはチャーリーの意識から消えずに付きまとい、おやじの亡霊が、今後しつこくまといつくことを示唆する。

おやじ　いいかい……前はおまえとイギリスに行く気はなかったが、埋め合わせをするぞ。今度は行く。
チャーリー　なんだって、絶対だめだ。
おやじ　悪いことは追い払えないんだ。
チャーリー　追い払えないって、見ておれ、見ておれ！
（ケースを持ち、家を出て、玄関を閉める。ドアに鍵をかけ、鍵を投げ捨てる。ホッと一息。出かけようとすると、おやじがすでに第四の壁を通り抜けたのに気付く）

生前は嫌がったロンドン行きに、のろのろ付いてくるおやじを追い払えないで、「チャーリーはゆっくりおやじの方に近づいていく」。ロンドンに逃れて交渉を断っていたチャーリーが、抑えられない回想で、父を、過去を受容する。自伝を反映する、個人的な心情と葛藤の父子関係を、ストーリーと人物の巧みな語り口で展開する。平凡な市民の日常生活を扱う、何気ない語りと笑いの洞察のドラマである。

それを「ナショナリスト的歴史との愛憎関係」（G・フィッツギボン）、あるいは「アイルランドのポスト・コロニアルな過去の探求とナショナル・アイデンティティの不安定さ」（E・パイン）と、解釈を拡げられるか、それらしきヒントはあるが、無理がある。

おやじの仕事がアングロ・アイリッシュ相手で、再雇用者がカトリック教徒になることや、ナチス礼賛や、拒んでいたロンドンに同伴しようとするなど、裏に現代史が潜むようで、作者が「私は非常にシリアスな劇を書くが、喜劇の手法の範囲内である」と述べるのは可能であるとしても、再演を繰り返す人気は、市民の人情的レベルにあると考えられる。

主人公の追憶の旅、心理的体験に、具体的表現を与えるダブル・フォーカス、二分とも四分割ともいえる、舞台化のテクニックの魅力である。ただ、テクニックで受けを狙うレナードの喜劇の中には、「ユーモアが絶望と、嫌悪が忍従と闘う」（F・オトゥール）類の佳作があり、『おやじ』はその好例である。

マーフィ『帰郷の会話』

アイルランド移民ケネディの、アメリカ大統領就任と、暗殺による神話喪失を、今日のアイルランドの変革の夢と現実に重ねる、トム・マーフィ（一九三五―二〇一八）の『帰郷の会話』（一九八五、ゴールウェイ、ドルイド・レイン劇場）は、「過去と現在が同時に舞台にあり、互いに噛み合って、絶え間ないアイロニーを生み、演劇的に大いに効果的な」「叙述の二重性」（F・オトゥール）による佳篇である。

忘れ去られたように見える建物、荒れ果てたパブ。窓かドアの上のパネルに「ホワイトハウス」と色褪せたプリント。飾り付けが必要な店で、時計は止まり、棚のストックはまばら、ジョン・F・ケネディの写真。

ケネディ・ブームの反映で、「ホワイトハウス」と名付けられたパブに集い、時代の変革の波に乗る成功を夢見た若者たちが、それから一〇年後、アメリカ模倣に幻滅し、中年になって再会して酔いで失望感を紛らす。一九七〇年代初めのアイルランドで、六〇年代の理想が失せ、社会と経済の変革に取り残された、出口のない世代のドラマである。

再会の場「ゴールウェイ東部の町のパブ」は、J・Jの店で、店内にヌード絵を飾る反教権的、リベラルな姿勢に惹かれて集まった若者たちにとって、「俺たちの避難所、希望と抱負の源泉」、「俺たちのルーツで、進み続ける文化の揺り籠になるはず」であったが、アイルランド移民の成功神話が失せた今、まだケネディの大統領就任演説を暗《そら》んじて口に出す中年者たちにとっては、荒廃したパブは、理想を失った幻滅と停滞のアイルランドの縮図となる。

ケネディ時代を体現すると見なされたＪ・Ｊは、よそのパブで酔いつぶれて登場しない。一九六〇年頃、イギリスでの失敗を隠して帰国し、外貌がケネディに似ているという噂が立ち、「アメリカ仕込みのいわゆる理想主義の時流に乗って」、夫人とパブの両方を手中に収めたものの、時代錯誤の「借りもののイメージ」による虚像でしかなかったことが徐々に暴露される。

一九七〇年代の変革による繁栄で、移民の流れは止まっても、取り残された小さな町の志気は衰え、パブは夫人によって辛うじて営業が続けられる。現実離れのイリュージョンにしがみついて、落伍感を抱く中年男たちが、酒とおしゃべりで紛らす。

再会の中心にいる作家志望のトムは、知性も感性も洞察力もありながら、何も書けずに田舎教師になり、自らは停滞の淀みにつかったまま身動きできずに、ただ時代への不協和音を口にする。仲間たちのイリュージョンを剝ぎ取る一方で、一〇年来の婚約者ペギーと結婚に踏みきれず、忍従の彼女に怒りをぶつける。大人になれない、自惚れて残酷、不機嫌でシニカルなトムを通して、幻影に踊らされた男たちの苦い幻滅と批判を表す。

国外へ脱出しても事情は変わらない。再会はアメリカ帰りのマイケルを迎える形で行われ、トムとマイケルの対比で、「失敗の二重の考察」（Ｎ・グリン）になる。

Ｊ・Ｊや仲間の励ましで、アメリカン・ドリームを追って、映画界入りを目指して渡米したマイケルは、夢破れて一〇年ぶりに帰国し、母親から酒代を得て、やっと面目を保つ始末である。ニューヨークのあるパーティで裸になり、「いやいや、これは全く違う！　こんな生活は全く違う」と叫んで、体に火をつけた男のエピソードを、他人にかこつけて話しても、周りには当人のことと気付かれてしまう。まだケネディとＪ・Ｊの幻に翻弄されたままで、自分を見失っている姿である。

大人になれないトムとマイケルは、基底では似ている「双子」であり、「この劇の依存関係、長引く子供状態、大人の関係の未発達のイメージは、個人的であり、また社会的政治的でもある」（Ｆ・オトゥール）。

むろん例外はあり、田舎にも押し寄せる変革と繁栄は、アウトサイダーのリアムに成功をもたらす。Ｊ・Ｊの申し子で、「ホワイトハウス」も娘アンも手に入れそうな勢いの「農家、不動産屋、旅行代理業者、資産家」であるが、ト書は、「少しアメリカ訛りを気取り、ちょっと愚かで鈍感、成功の必要条件らしい」と皮肉が続く。

三〇代の男女数人が大人になれず、ケネディの暗殺の幻滅感が明らかで、再燃する北アイルランド紛争への言及もあって、「成功の―すばらしい―七〇年代―アイルランド」の「魂の飢餓」の苦い悲喜劇にしている。

男たちの酔態の会話にかぶせて、一人啜り泣くペギーが、「淋しさと、立場の静かな絶望と、一〇年前の思い出」から歌い、静寂をもたらし、窓際のアンが「穏やかな希望を夜の外に微笑みかける」終幕になる。登場しないＪ・Ｊ夫人が続けるパブでの、男たちの酒とおしゃべりで終始しながら、周りの女性が反対に希望のイメージを提供するという解釈が少なくないが、男たちの喧騒にかき消される、寡黙で、受身の姿は、男たちを支える存在感が乏しい。

アイルランド西部に定めた、リアリスティックな舞台、土地の言葉による酒場の会話で、実験性を抑えて、写実的なアンサンブル劇であるが、幻影と幻滅、男と女、トムとマイケルなどのダブル効果で成功している。

元々『ホワイトハウス』という旧作の改訂で、当代の『帰郷の会話』と、ケネディ暗殺時の失望を重ねる二部構成にし、前後を入れかえても満足できなかったために、『告別の演説』を組みこむ、ダブル・フォーカスの成果である。冒頭のＦ・オトゥールの批評はすぐ次に続く――

一つ以上の世界が同時に舞台にある時、本当のドラマが生じ、『帰郷の会話』には希望・抱負・追憶の世界と、本当の幻滅の世界がある。

3 境界域

創作に行き詰まり、また妻の不貞を疑って、パニック状態の劇作家を主人公とする、トマス・キルロイ（一九三四―）の『お茶とセックスとシェイクスピア』（一九七六、アベイ劇場）は、劇作家の妄想と錯乱を展開する悲喜劇である。

劇が始まると、ブライアンが部屋の「天井」から首を「吊って」ぶら下がっているのが見える。しばらくは実際に死んでいると信じさせられるが、やがて彼は背後から火のついたタバコを取り、喫う。すぐにうしろの衣裳たんすから物音がして、急いで「首吊り」を続ける。

しかし「ロープを投げ捨て、タイプライターに面して、数語打つ。止めて、元気なく、客席に向かってどっかと坐る」。

クレイジーな舞台の出来事は、ほとんど常に現実か幻想か紛らわしい境界域で、観客もブライアンと一緒に、「ああ、何が起こっているんだ」と訝りながらの観劇になる。「境界がはっきりしない」苦悩や絶望が、自他の「想像されたカリカチュア」として現れる。自由な劇的表現を可能にする「シュールリアリスティックな技法を使って、キルロイは悪夢を首尾よく陽気な喜劇に変える」（C・マレー）。スランプ作家に立ち会う観客は、劇作のプロセスを体験することにもなる。

演劇は生身の役者の登場を必須としても、現実と虚構、真実性と虚偽を含み、その点で境界域を扱うといえる。しかし、現代アイルランド演劇が境界域を扱う特殊な理由もある。長いイギリス統治を経て、ようやく二〇世紀になって独立を獲得したアイルランドは、いわば境界域の国家で、国民のアイデンティティは、ケルト・アイリッシュ、アングロ・アイリッシュ、移民などの複合で成り立ち、北アイルランドはずっと連合王国に属して紛争が起こる。

言語・宗教・伝承など、文化的に境界意識を有し、演劇的にも、伝承や回想や亡霊など、境界域への関心が強かったり、アイロニーやパラドックスの作品になったりし、移民や浮浪者など、境界域の人物や環境との関わりなども目立つ。その結果、作品の意味が複雑さや曖昧さを示して、表現や解釈の多岐性につながる。

境界域であることは、どっちつかずの中途半端な領域であり、ネガティブな側面もありうるが、逆にどちらでもなく、双方の接触、共有の利点になることにもつながる。例えば、浮浪者や鋳掛屋、あるいは自国からの移民や外国からの移住民、さらに亡霊や異界の多用も、境界域への関心からであろう。「劇場の優れているのは、すてきな境界域のスペースである」（C・マクファーソン）ことで、現実と非現実の接点、問題や対立の瀬戸際が観客を引き付ける。作家・作品はそれぞれの個性や長短をもちながら、境界域であることを共有しつつ、多様性や特異性を示す。

生者と死者の境界域を扱う日本の能に惹かれ手本にしたイェイツは、「さまざまに考えられるボーダーラインを常に意識している」（C・マレー）。生と死の境界域を扱うことが多いフリールの人気作『ルーナサの踊り』は、キリスト教とケルト文化の接点に設定する。マクギネスの境界域は、ジェンダー、国籍、宗教など多岐にわたり、中間的なものにこだわる。

境界域の意識や、それによる苦悩や対立が問題であるアイルランド演劇の複合や重層の魅力である。

イェイツ『窓ガラスの言葉』

『ガリヴァー旅行記』の作者ジョナサン・スウィフトは、アイルランドの歴史と文学において、失意の愛国者であり、矛盾した風刺作家であり、謎に満ちた私生活を送る。W・B・イェイツは終生、特にプロテスタント支配階級を意識した晩年に、スウィフトへの関心とこだわりを示す。

スウィフトを主人公とする『窓ガラスの言葉』（一九三〇、アベイ劇場）は、公人や文人としてのスウィフトより、その女性関係、ステラとヴァネッサとの不可解な三角関係を通して、スウィフトの私生活と思想の謎に取り組む。現世の苦悩を追体験する霊魂が生者と交流する、降霊術の会という境界域の設定で、リアリズム劇の現実性と能プレイの様式性を兼ね備える、不思議な現代劇である。その序文は、「スウィフトが私に付きまとう。いつも、すぐ次の角を曲がった所にいる」と記す。

舞台は現代（一九三〇年代）、ダブリンのうらぶれた下宿屋で、ロンドンから霊媒を迎えて、降霊術者協会の降霊会が開かれる。かつてはステラがよく訪れた、スウィフトゆかりの邸宅で、その窓ガラスには、スウィフト五四歳の誕生日に詠んだステラの詩句が刻まれている。歴史的にも感情的にもスウィフトと結び付き、その亡霊が出没しやすい背景である。

会長トレンチ博士と秘書マッケナ嬢を除く参会者は、イェイツには珍しい中産階級の人々である。実利ないし私欲が関心事の連中で、無知な人々のカリカチュアが、劇中劇の情熱的な亡霊たちと、喜劇的な対照をなす。唯一の例外は、初参加のケンブリッジ大学生コーベットで、常連と違って「懐疑的」だから、観客も必要とする予備知識の説明を受け、またスウィフト研究者で、「窓ガラスの言葉」をすぐステラの詩句と認めて、自然に劇中劇に入っていく。

簡潔なスケッチによるリアルな舞台、喜劇みを帯びた中産階級の登場人物、日常生活の散文による台詞は、外枠と劇中劇の境界域の組み合わせで、観客に一八世紀と現代を同時に意識させ、超現実的な心霊の世界が、非常に暗いスウィフトの現代批判と結び付く。

降霊会が始まり、霊媒ヘンダーソン夫人が神がかり状態になり、降霊会はうまくすべり出すが、「悪い年寄り」の「敵対する魔力」に妨害される。専門家コーベッドには、愛した二人の女性をめぐって、精神と肉体の相克に苦しむ老耄のスウィフトの「夢の回想」に思える。

一八世紀の知性を代表するスウィフトの霊が、理性の及ばない愛と性の矛盾と困惑を、煉獄の身の罪の意識で回想するのは、イェイツのオカルト理論に基づく。スウィフトの霊が「夢の回想」で絶えず繰り返す生涯のクライマックスは、ヴァネッサが一七一九年（スウィフト五一歳）、ステラにスウィフトとの結婚の有無を尋ねる手紙を送ったことで起こる。スウィフトに叱られても思慕の念を燃やすヴァネッサは、身も心も投げ出して結婚と子供を迫り、妻子のいない老残の姿を警告するが、スウィフトは「わたしの血には、いかなる子供も受け継いではならないものがある」と、病気と狂気を口実にして、ヴァネッサの情熱を拒む。ヒロイックに斥けながらも、肉欲にも葛藤するスウィフトの苦悶が、強いリアリティで迫る。それを能のシテのように、生者と死者、現在と過去の境界域を演じる霊媒の独演による短い場面で達成する。

参会者が歌う賛美歌を境にして、雰囲気が変わり、官能的なヴァネッサとは対照的に、穏やかなステラの場面に移行する。三年後のスウィフトのモノローグで演じられ、ステラは終始無言である。「子供がいない、恋人がいない、夫がいない。老けていく怒りっぽい男を友にして」という愛を強いられるステラの沈黙（ないし不在）は、スウィフトの教えを守った理想の女性、「古典的抑制、肉体と精神の調和」（D・R・クラーク）を表すというより、むしろ否定と非難をさえ示唆して、無言の威力がある。

肉体と情熱を超越した精神と美徳というスウィフトの教えを認めるステラの「窓ガラスの言葉」に感

動するスウィフトは、ステラの純潔で理性的な愛情が、老いの孤独と不安を癒やしてくれるだろうと感謝しながらも、その不幸な姿で、後悔の念に苛まれる。性愛のヴァネッサと献身のステラの思い出に悩まされて、「夢の回想」と「回帰」を繰り返す。晩年の老衰と病気と狂気のスウィフトの煉獄の苦しみのみを残して、降霊会はまたも失敗に終わる。

各自の関心事が妨害され、スウィフトには全く気付かない参会者が去っていく中で、最も懐疑的だったコーベットだけは、「スウィフトの独身主義」に関する自らの仮説が裏づけられたと満足する。コーベットは、スウィフトの霊が出現したと考えるよりも、「すぐれた役者で学者」のヘンダーソン夫人が、「すべてを創り上げた」と結論づけるしかない。ところが「スウィフトなんて人は知らない」と答える夫人は、疲れきって舞台に一人残り、再びスウィフトの霊に取りつかれて、「わたしの生まれた日よ滅びろ！」というスウィフトの声で幕になる。ステラによる誕生祝いも、「歴史上最もすぐれた墓碑銘」も裏切る、煩悩のスウィフトの、ヨブの叫びである。

「自然界への超自然の侵入」（A・S・ノウランド）というイェイツのテーマを舞台化する、緊迫感のある終幕で、現代の居間と一八世紀のサロン、降霊会と煉獄の境界が突然定かでなくなり、降霊会の成否、ドラマ全体の真偽もわからない観客は、不気味さに当惑させられる、開かれた結末になる。

しかし『窓ガラスの言葉』は、スウィフトの私生活のドラマで終始するのではない。イェイツがスウィフトに「付きまとわれる」のは、独立アイルランドの圧倒的なカトリック信仰と、ゲール主義への幻滅から生じる。アングロ・アイリッシュのスウィフトとの一体感からでもあり、「暗黒と混乱を免れたアイルランド唯一の世紀」のチャンピオンを、文化の統一を果たせない現代アイルランドの鑑と考えるからである。

スウィフトの私生活の悲劇と、国と時代の悲劇を併せて、過去と現代、霊界と現世、知性と狂気などの境界、接点で捉えて、一幕物を大きくはみ出す規模のドラマにしている。スウィフト、ヴァネッサ、ステラの主人公たちは登場しないで、霊魂の世界を描く能と能プレイの長所を取りこんだ、巧妙な劇作法で、「精神の深奥」を舞台とする、観客の想像力に訴える名作である。

フリール『ワンダフル・テネシー』

ブライアン・フリール（一九二九―二〇一五）の宗教的あるいは形而上学的ともいえる『ワンダフル・テネシー』（一九九三、アベイ劇場）ほど、境界域を扱う劇は少ない。それは何よりも舞台設定に詳しい。

ドニゴール州北西部の人里離れた海岸の岬の突端にある石の桟橋。その石造りには、黄色と灰色の地衣類が付着している。桟橋は一九〇五年に造られたが、何十年も前から、後背地は人が住まなくなって、使われていない。桟橋は舞台の幅いっぱいに伸びている。舞台下手（本土）から海に突き出て、三方が海（客席と、舞台上手と、うしろの壁）に囲まれている。

栈橋の床から石の階段が、客席の海に通じる。階段はまた狭い通路にも通じる。幅一八インチ、栈橋の床上およそ五フィート。その通路から、栈橋のうしろの壁の向こうや、取り囲む田園と海を見渡せる。

寂れた海岸と栈橋で、「牧歌的雰囲気」であるより、現代文明から離れた「全くの別世界」である。海と本土、自然と俗世、異教と日常の接点、「驚異の入口」（G・オブライエン）である。「深い静寂と平安」を破って、小型バスの一団が侵入する。ダブリンの中年男女六人で、四時間バスに揺られ、ほろ酔いの行楽気分で、大声で歌い、話しながら登場して、無人の「何もない」「理想郷《アルカディア》」に戸惑う。

六人は兄妹、姉妹を含む三組の夫婦で、中流のインテリたちであるが、それぞれに人生の苦難に直面している。喉頭ガンのジョージは、終始音楽を奏でて言葉に代え、妻トリシュは過度に気を揉む。皆を招待した、興行師で私設馬券屋のテリーは、話が進むにつれて破産していることがわかってくる。妻バーナは夫がまだ姉アンジェラに気があると知り、うつ状態である。フランクは酒びたりの文筆志望家であり、学者妻アンジェラは、満たされぬ思いでテリーとの不倫に迷う。

一行は何かと「ワンダフル」を連発し、陽気に飲み騒いでも、歌の楽園「テネシー」のイメージではなく、自分たちの現実、それぞれの苦悩とは無縁の辺地にしか見えない。ところが、自分の誕生日の祝いと称して購入した島に一行を招待したテリーから、本当の目的地は、沖にかすかに見える島イーロン・ドリオホタ（「他者の島、神秘の島」）であると知らされる。ちらちら光って、形も距離もはっきりしない、無人の小島は蜃気楼のような、かつてテリーが父と訪れた巡礼地で、「表現できないもの、言いようのないもの」である。

約束の渡し守の家からは煙が昇るのが見えるのに渡し守はやってこず、カーリンという名は、三途の川の渡し守カロンを連想させ、「魔法の島」は桟橋以上の異界、生と死、信仰と暴力の境界域であることがわかってくる。

島に渡れず、桟橋で一夜を明かす羽目になる一行は、元々、男女関係のもつれや、病と死の怖れがあり、ピクニック気分は巡礼の雰囲気を帯びていく。日常生活に潜む不安と絶望から、生と死の境界域に来たことに気付いていく。テリーはまた、ダブリンの聖体大会のあとに渡った、ある若者たちのグループが、生贄の儀式で仲間の一人を殺害した過去をもつ島であることも話す。

魂を「失った」三組の都会人は、テリーの誘いに従った巡礼者になり、「超越を求める憧れと闘い」（E・アンドリューズ）で、異界の島への異教的な巡礼によって、日頃の挫折や疎外感から免れるのを期待した。しかし、開幕最初の台詞「助けて！　迷った」が示唆するように、結局小島に渡れない一行は、来ない舟人を待つあいだに、酒を飲み、歌をうたい、話をし、思い出を語り、『ゴドーを待ちながら』の時間つぶしの状況になる。

心を病むバーナが、衝動的に海に飛びこむ騒ぎがあるが、翌朝、「神秘の島」への巡礼を体験できなかった一行は、バリベーグ桟橋に石の小山の奉納台を作り、供え物を残す、巡礼に似た宗教的儀式をして、迎えに戻ったバスに乗りこんで立ち去り、再び「沈黙と完全な静寂」に戻る終幕になる。

フリールはしだいに言葉を越えて、「伝達できないことの重荷」を克服しようとする。名作『ルーナサの踊り』に続く『ワンダフル・テネシー』は、それを如実に示し、日常や理性や理論の言葉では伝達できない、超自然の感情と思想の表現に、聖歌から流行歌まで、音楽と歌を援用し、タイトルにフォークソングの歌詞を取り入れ、しゃべられないジョージには楽器をあてがう。

現代人の迷える魂の回復をめぐる「宗教的サブテキスト」（T・コーベット）をもつ主題で、現実と神秘、理性と感情、俗と聖の境界域の扱いは、言葉を越える音楽の多用でも難しい。キリスト教はもちろん、異教の世界、ギリシア古典やケルト神話への言及も重ねて、超絶、神秘、非日常、聖性などの思念を展開し、その必要性を説く。それを現代アイルランドの都市の人々の祈りを通して表現するのが着想で、その作劇を可能にするのは、客席をも巻きこむボーダーランドの舞台、人里離れた異界のバリベーグ桟橋と、巡礼の歴史をもつ「神秘の島」である。

現代の合理的で物質的な都会人のピクニックの姿を借りて、巡礼の祭式に近づき、フリールが早くから唱える「祭式」としてのドラマの実現を目指す。「今日のアイルランドの精神の病を分析する」巡礼の劇『ワンダフル・テネシー』の祭式性は、「日常生活で鈍っている驚異の念」を取り戻そうとしているのだが、「芸術的に消化されていないものがありすぎて、表面に漂い」（C・マレー）、不完全燃焼の作品に終っている。

バリー『大英帝国の執事』

ナショナリズムの史観から離れて、「もっと曖昧な歴史的時期や出来事、あるいは少数派のアイルランドの論述に光を当てようと努める」（M・トロッター）今日の劇作家に、セバスチャン・バリー（一九五五―）がいる。激動の歴史に埋もれる、平凡な市民である自らの祖先に素材を求めるバリーの「家庭劇」は、私的要素が優りながら、時代と歴史に関わる問題を提起し、アイルランドの国と国民を問い直す、独創的な作品群である。傑作『大英帝国の執事』（一九九五、ロンドン初演）の舞台は一九三二年頃、長年の抵抗と闘争の果てに、イギリスから独立して、アイルランド自由国が成立して一〇年である。

七五歳の主人公トマス・ダンは、子供の時の出来事や、一男三女に恵まれた家庭生活を思い出す。学業不良で、父に警察入りを押し付けられたのだが、独立前にはダブリン警視庁の警視正であり、イギリスのプロテスタント支配下の警察組織で、カトリックとしてのトップに登りつめて、社会の秩序と安寧を守ってきた。引退した今は、新たな体制に疎外されるだけでなく、ほとんど痴呆の身となり、ケア・センターに収容され、惨めな下着姿で、大声を発したり、暴れたりして、死の迫る日々を送っている。

大英帝国のアイルランド統治の先鋒として活躍し、それを誇りとしたダンの、歴史に翻弄される分裂で、時間も空間も混濁し、正気と狂気の境界域で、過去と現在、記憶と幻覚、喪失感と慰めが、断続的に交錯する追想劇である。心身の衰えや乱れる追憶で、公私の失敗や忠誠心の混迷が去来して、『大英帝国の執事』は、「政治の悲劇」「家庭の悲劇」そして「道義の悲劇」（J・W・フォスター）が絡み、相互に反響する、複合の視点をもつ。

公的には、ダブリン・ロックアウト（一九一三）やイースター蜂起（一九一六）、それに続く独立戦争（一九一九－二一）などで、帝国主義の統治に協力して、反乱を抑え、秩序を維持する役を果たしてきたダンが、歴史の曲がり角で、「まさしく大英帝国の華で完成者」のヴィクトリア女王への敬愛の念を失わずに、カトリック・ロイヤリストとして、忠実に奉仕した誇りを抱き続ける。

その一方で、自らの地位も立場も失った、英国支配の終わりの日に、拠点のダブリン城を明け渡した相手、独立の指揮官マイケル・コリンズに、父とも息子とも感じるアンビヴァレンスを抱くなど、一見矛盾した誇りと混濁、満足と後悔の二重の追憶に襲われる。

時代は緊張をはらむ大きな転換期で、名誉心と義務感で仕えた権力機構が無に帰したため、ダンは自己を見失い、分裂気味である。カトリックのユニオニスト、ロイヤリストとして心安まらないダンは、ナショナリズムで高揚する人々から急に疎外され、施設のヘルパーからも、裏切者と責められる。イギリスとアイルランドの関係で自分の果たしたことに対する苦悩があって、老人性痴呆の取り止めのないうわ言だけではない。作者はダンに同情と理解を示しながらも、このような祖先を公けにすることをためらった。

私はこのような親族をもち、いわば私の血に潜んでいることを発見されるのを恐れた。彼を隠したかった。……わが家の炉辺で親しい名前ではなく……悪魔、卑劣漢、文学的には破滅をもたらす人だった。

私生活の問題と絡む時、ダンの追憶はいっそう乱れる。子供の時からの家庭生活、秩序ある中流生活の喜びを思い出す一方で、「家庭の悲劇」が入りこむ。妻は三女の出産で亡くなり、長女モードは画家と結婚して離れていき、次女アニーはポリオを病んで独身のまま、お気に入りの三女ドリーは、父が裏切者呼ばわりされる侮蔑に耐えられずに、アメリカに渡り、そして長男ウィリーは、イギリス軍に入隊し、第一次世界大戦のソンムの戦いで戦死して、ダンは一家の崩壊と喪失に遭遇する。だから死者やその場にいない者が出没する、錯綜する記憶と幻想の「亡霊劇」でもある。

舞台に現れる亡霊は、一九九〇年代演劇の特徴である。ある意味では、過去が執拗に現在と持続すること（それはアイルランド特有ではなくても、特にアイルランド的オブセッションの持続）を劇化する手法である。（A・ローチ）

公私の主観的な思い出が絡まり、舞台に一人のダンの頭の中が複合舞台となって、「政治の悲劇」と「家庭の悲劇」が、時間も空間も融合し、出来事も断片化して、時には鮮明に、時には曖昧に去来する、内的モノローグの劇になる。

そして過去から現在へ、「アイルランドの歴史への多元的アプローチ」（J・ヴェールマン）で、価値観の転倒と分裂に戸惑うダンの「道義の悲劇」で、『大英帝国の執事』は「未来に関する歴史劇」（E・B・カリングフォード）になっている。

バリーの作品は一貫してアイルランド性の定義を疑い、それまでの歴史で否定されたり軽視されてきた包括性を要求する。多くは登場人物を支配的な信条体系と争わせ、それから代わりの見解を明確に表明させる。必然的に不完全なイデオロギーより、道義性、全体性、コミットメントに賛成する見解である。（C・H・マーニー）

ウィリーが前線から送ってきた最後の手紙で、ダンへの親愛の情を綴り、それを聞くダンが、子供の自分が犯した過ちを許す「父の慈悲」の思い出を語り、ウィリーの亡霊に寄り添われて眠る。父と子と孫の三代の和解がダンにとって、政治と家庭と道義の統一ともなる終末である。

ボルジャー『アーサー・クリアリーを悼む』

詩、小説、戯曲を次々と発表する、多才多作のダーモット・ボルジャー（一九五九―）は、首都ダブリンとその近郊の労働者階級の貧困や暴力、セックスや麻薬、あるいは出稼ぎや帰国の厳しい実態を、赤裸々に提示しながらも、「外面的な〈客観的〉リアリティより、むしろ主人公たちの主観的認識と内的リアリティ」（C・ウォールド）を表現する。精神の内奥に迫る手法は実験的で、流動的な時間と変幻する場面、現実と夢の分裂と重複、詩や散文の混淆する文体、頭の中の声の一人芝居など、写実を越える超現実的な演劇性をもつ。

『アーサー・クリアリーを悼む』（一九八九、ダブリン、プロジェクト・アーツ・センター）は、元々ゲール語で書かれた一八世紀の哀歌を、ボルジャーが英詩にし、それを自ら戯曲に改作した、デビュー作である。

ヨーロッパ大陸での軍務から帰国した夫アート・オリアリーが、カトリック刑罰法によって殺害されたことを嘆く妻アイリーンの哀歌を、現代のダブリンに置き換えて、新しい主人公アーサー・クリアリーが、ヨーロッパの工場で一五年間出稼ぎ労働したのち、帰国して、母国の酷しい状況に直面する。昔の悪友とドラッグをめぐる争いで殺されたアーサーが、舞台に横たわる開幕で、国境のダンス・クラブで出会ったキャシーが、その死を悼む歌でスタートする。数年後、キャシーは夫の死を乗り越えて、幸せを夢見てアイルランドの現実を離れ、子供とヨーロッパに渡る終幕にする。

開幕冒頭の嘆きの歌で、アーサーの死を悼むキャシーの悪夢の語りのようでありながら、ついに母国に戻ったアーサーの亡霊が、「どの瞬間も俺の頭蓋を走りまわる映像のようである」と回想する、複合の回想劇になる。

仕事を求めて、デンマーク、オランダ、ドイツなどを放浪して働き、帰国のアーサーがまず直面するのは国境での入国審査で、検問所での入国管理官との同じやりとりが、何度も反復される。

入国管理官　ああ、アイリッシュ、アイルランド人か。好景気、好景気だ！（笑う）

アーサー　そうだ、好景気、バブル景気だ。

（入国管理官パスポートを返す）

（入国管理官とポーター、トーチを持って回りながら皮肉に）

われらはグリーン、われらはホワイト、われらはアイルランドのダイナマイト！

アーサー　お尋ねしてもいいですか。いま俺はどこにいる？　国境のどちら側？

入国管理官　（止まって肩を揺する）君たちアイルランド人にそれがどうしたというのだ。君たちを毎日見るが、こっちへ行き、あっちへ行っても、決して自国じゃない。どっちにしたって国は遠いのだ。

出国する前のダブリンの貧困と、出稼ぎの思い出、ヨーロッパでの労働生活と、出入国のたびに目にする母国の経済や文化の激変、それを意識の流れに従う断片的な小場面がつなぐ。追憶とも想像とも思える、夢あるいは悪夢のような、生死の境界域のドラマである。

〈ケルトの虎〉の活況は、やがてバブルが弾ける反動で落ちこみ、好景気に乗れなかったアーサーは、母国に戻っても、アイデンティティが不確かな異邦人である。国境の入国管理官が最後の審査で、行き交う列車の行き先を、「ヨーロッパ……未来……彼女の子供たちさ」と答えているように、アーサーの個人的体験とディアスポラの国アイルランドが重なり、アイルランドとヨーロッパ、生者と死者、現実とファンタジーなど、境界域が交叉重複する、複雑な構造である。

登場人物は、アーサーとキャシーの他は、入国管理官とポーターと「友人」の三人であり、その男女三人が、さまざまの人物を自在に兼ねる。主人公の二人が出会う、固有の名をもつ者だけでなく、父や母、街で行き交う人々も含めて、五人で分担して演じ分ける。

この劇のエピソード風の構造は、プロットに抗して語りを強調する。モンタージュの構造で、場面の繰り返し、観客への直接の語りかけ、誇張した詩的言語などの手法を使用する。これらの工夫を利用するのはすべて、上演で重要な所作の意味が現れるようにするためである。上演の観点から、役者が多様な役を演じる約束事が、プロットより語りの必要に役立つことは明らかで、人物を装うより役の表現を許し、ある種の複雑な見方の基礎となり、「自分たち」が誰かを舞台化する従来の手法を脅す。（V・メリマン）

一組の男女の出会いと別れの単純さに見合う、シンプルな舞台は、小さな箱と薄い板の台と樽があるだけだが、国境でのヨーロッパとの関わりで複雑になり、アイルランドのグローバルな境界性を扱う佳作になる。

ボルジャーはこのあと、移民のサッカーファンを素材に、アイルランド人のアイデンティティを問う一幕劇や、亡霊の出没する、心霊現象を扱う驚異の劇、ダブリン郊外のスラム地区の問題を指摘する連作など、多様多作であるが、第一作を凌駕する作品はない。

ナショナリスト的理想の虚妄と危険性を、独立直後の幻滅と懐疑で、激しく皮肉り嘲笑する、ジョンストンの『老婦人は「ノー！」と言う』（一九二九、ゲイト劇場）は、反リアリズムの革新的ドラマである。タイトル自体がアイロニカルで、上演を断ったアベイ劇場の「老婦人」グレゴリー夫人に対する作者の悪感情の反映であり、またアイルランドの象徴である「貧しい老女」が、現代アイルランドに「ノー！」を突き付けることも暗示する。

一八〇三年蜂起で不様に失敗しながら、その愛国の理想で「アイルランドのロマン派文学で最も愛される人物の一人」、蜂起の指導者ロバート・エメットの古風な愛国メロドラマを演じている役者が、演技中に誤って頭を強打されて意識を失い、その夢の中で現代のダブリンの街をさまよい、わびしい現実に困惑する姿を描く、ジョンストンの出世作である。

エメット役者がさまようちに出会う最も重要な相手は、一八世紀末のグラタン議会の中心人物ヘンリー・グラタンの立像である。法と理性に基づく議会主義、合法的平和理念の持ち主で、エメット流の無謀な武力蜂起とアイルランドの流血の歴史を痛烈に批判し、現実への覚醒を促す。

たっぷり五〇年間、わしは努力して待った。……刀を抜いてバリケードを築くのはやさしいことだ。仕事をしないですむ、待たないですむ。血の他は何もなくてすむ！　そして親切な神様の創られた一番の安物が血だ。……わしの時代には、ダブリンは大英帝国の第二の都市だった。それが今はどうだ？……（言いようのない嘲りで）自由〔国〕だと！（どっと笑いこける）

エメット役の非現実的な愛国主義を、その理想に値しない市民たちの嘲笑や拒絶と鋭く突き合わせて、双方に厳しい風刺のアイロニーを放つ、「表現主義的異議のジェスチャー」である。

アイロニーを皮肉、風刺、反語、逆説、あてこすりなど、いかように取ろうと、例えば『聖なるグラウンド』のワーファリンが、夫の殺害より延命に役立ってしまうようなアイロニーが、アイルランド劇に数多く見られる。

「イェイツの後期の劇を支配する文体はアイロニーであり」（C・ミラー）、シング喜劇は、「アイロニックな反転」で成り立つ。フリールの『翻訳』は、アイルランド語とゲール文化の転換点を扱うのに、英語でなければ観客に理解されないアイロニーを利用する。そしてマクギネスの『アルスターの息子たち』で唯一人生き残る異端者の兵が、最後には、ロイヤリストの戦友たちの信念に同調する。

アイロニーは、時には対象を挫く力をもち、時にはグロテスクな笑いを生み、苦い動揺を与える。

アイロニーは、確信に基づく断定や解釈よりも、偏見に囚われない認識、あるいは複合の視点による批判から生じる。不安や疑いや緊張を抱えるが故の、ためらいや矛盾による場合もある。そういう時、悲喜劇や不条理やグロテスク風の源がアイロニーである。それが結局、二つのものを同時に見るダブル・ヴィジョン、多角度でものを見るパースペクティヴによるアイロニーである。

コラム『土地』

現代アイルランド演劇運動の初期、主としてプロテスタントの作家が、アイルランド西部を舞台にする詩的演劇を志向した中で、カトリックのパードリック・コラム（一八八一―一九七二）は、イェイツらの詩劇に対するリアリズムの作家として迎えられた。

当代の一九世紀末から二〇世紀初頭の時代背景で、生まれ育ったアイルランド中部を舞台に、普通の農村と田舎町の問題を、特に家族内の価値観の対立を軸に、簡潔なプロットと直截な台詞で扱い、その農民劇「三部作」は、シングを凌駕する好評を博した。

永年の、時には血なまぐさい土地戦争を経て、ようやく小作人が自分の耕す土地を所有できるようになる。土地購入法が成立して、小作人が法外な地代を課されて移民に追いやられていた、農村社会のごく近年の歴史的転換点を扱う『土地』（一九〇五、アベイ劇場）は圧倒的にカトリック教徒の田舎の人々の実態と問題を、自らの体験と見聞による洞察で描く。

しかしそれは、社会劇や思想劇のような重みをもつ悲劇ではなく、地主と小作人が価格で合意すれば、政府の前貸しで、小作人が土地を獲得できるようになる時、継ぐのは老人と凡骨の子供で、アイルランドの希望であるべき若者は、親が喜び執着する土地より、都会と産業で魅力のあるアメリカに渡ってしまうという、アイロニカルな「農民喜劇」である。

アイルランド中部の二組の農家。六〇歳のマーター・コスガーとマーティン・ドゥラスは、じゃがいも大飢饉後の典型的な農民気質の親たちである。「辛い闘い」で、「永久に取り戻して、あとの者に渡せる」農地を手に入れ、子供に希望を託するマーターは、小作人の土地執着と父親の権威のため、多くの子供たちに家を去られた。知的で若者への理解もあり、ナショナリズム運動で服役したことのあるマーティンは、貧しいままで、まだ土地獲得は無理である。

土地戦争前後の貧窮や苦闘を知らずに、親の苦労と喜びを覚らない若い世代との衝突は必至であるが、双方の息子と娘の二組の縁結びが進行する。マーティンの娘で、教師になる利発なエレンは、「きゃしゃで、神経質で、感情的」と、不安定な人物の暗示はあるものの、「結局、土地が何よ」と、土地と家屋の「重荷」より「自由」を望み、「街頭と商店と雑踏」のアメリカへの移民にこだわって、農家の嫁になることに抵抗する。相手のマットは、「でも俺は土地を耕し、土地がわかり始めている。土地を失いたくないし、君も失いたくない」と説いて、父親マーターとの妥協を図りながらも、愛するエレンの強い意向にそってアメリカに去るため、親は二人とも土地のよき後継者を失う。

あとに残るもう一組は、マーティンの息子で「ややポカンとした表情」のコーネリウスと、マーターの娘で「半ば眠りから醒めた者の表情をした」サリーであり、手放しでは喜べない組み合わせになる。

『土地』は、跡継ぎと縁組みを喜び、興奮するコーネリウスの大げさな台詞で終幕になる。

あげえに行ってしまうのはバカでねえけ、おっ父、俺たちはいい時代の入口にいるのによ。移住する若者たちがすぐ来っから少し言ってやれ。……「バリヒルダフの人たちよ、土地に残るんだ。そしたら身も心も救われる。個人も国も救われる。バリヒルダフの人たちよ、国のこと考えることあるか、これまでずっと生まれるのを待っとるアイルランド国民のことを」とでもな。（コーネリウスはさらに興奮して、言葉に窮しているのが見える）

初演では、「政治的傾向をもつ演劇を望む観客を喜ばせ、土地戦争を戦った人々が、当然手にするべき土地を得ることが見られたので、征服による奪還の一章と感じられ、ナショナリストに一〇〇パーセント支持された」と作者は記すが、「若い男女をアイルランドの田舎から追い出すのは、必ずしも経済的必要からでなく、その生活の欠如、自由の欠如が、移民と大いに関係があった」とも注記する。

経済的自立とも政治的自由とも結び付く、父親世代の闘争の果ての土地獲得を記念しながら、若い世代の移民や後継者の無能のため、重要な社会改革が無に帰しかねないことを訴える、シリアスでアイロニカルな問題劇、あるいは「無駄な努力、破れた夢、分裂した生活の悲劇」（U・エリス＝ファーマー）でありえた。

しかし後年、離農と都市集中の人口の流れに直面するコラムは、「『土地』の動機となる土地熱には、今日反応がありそうもない。農地が手放されていて、マーティンやマーターのように地主制度の抑圧を知る人にじかに会うことはできない」現代の大変動が、作品の意味を変えるとし、「もし今日上演するなら、『土地』は歴史もの、性格ものとして上演されなければならないだろう」と考え直す。「だが別の問題と関連しえる――親の所有欲に対する若者の反乱である」。

土地獲得への執念と闘い、片や農業への疑問と逃避、双方の対立は時事的地方的であっても、親と子の世代の意識の対立という普遍的なテーマを併せもつ。だから古典的三単一を守る短い三幕構成の喜劇の伝統でも考えられる。「喜劇の伝統で、二つの家にそれぞれ父親と娘と息子のいる、均衡と補完のキャスト」（Z・ボーエン）で、「ルネサンス喜劇の、争う二つの家族の約束事を使って、緊張とユーモアと不安と家族の争いの型を簡潔に織りなす」（S・スターンライト）。

若者の一組は去り、一組は残る図式的結末による、アイロニーの悲喜劇になる。実際、一九六三年版の『劇三篇』では、「三幕の劇」とされているが、一九八六年の選集では「三幕の農村喜劇」に変えられている。コラムの定評はリアリストであっても、少なくとも『土地』は、転機に立つ平凡な人々の状況を、苦い現実感、皮肉な客観性で捉えて、作者の言う「人間喜劇」になっている。

ロビンソン『教会通り』

イェイツに見出されて、半世紀もアベイ劇場と関わるレノックス・ロビンソン（一八八六―一九五八）は、劇作家・演出家、劇団幹部として活躍し、「アベイ劇場のトレンドのリーダー」（B・マクナマラ）になる。創作当初は、田舎と農民の生態や価値観を皮肉に暴く、リアリスティックな農村劇で、〈コーク・リアリスト〉と呼ばれたが、時流の変化で、多彩なテーマと手法に転じていく。現実的な歴史と政治の場で、理想家が挫折する政治劇から、中流階級のソフト・ムードの喜劇に向かい、好評の『秘蔵っ子』は、作者最大の人気作となるが、穏やかな皮肉のウェルメイドな風俗喜劇である。

しかしロビンソンには、イェイツと発足させたダブリン演劇同盟での、欧米の新しい演劇の紹介と導入、その演出や演技での活躍があり、アイルランド演劇の視野拡大に寄与した。自作でも、例えば『秘蔵っ子』では、姿を見せないナレーターが、ト書で装置や登場人物に、くだけた皮肉な調子のコメントを加えて、喜劇ムードに引きこむ。

喜劇のあと、アイルランドと直接に関わりのない主題や、型にはまらない手法で、いくつかの実験劇に手を染める。シンボリズムや表現主義の中途半端な導入で、時流を超える模索があり、目先が変わる面白さはあっても、不自然なプロットやメロドラマ性のため、失敗や不評に終わる。
そこで主題でも手法でも、アイルランドを離れていたことを反省し、「漠然としているが輝くこと」「奇妙なアイルランドのこと」への回帰を図る――

それを離れた人生を考えることはできない。アイルランドや私自身に公正であろうとしたら、この奇妙なアイルランドのことが私の人生の支配的な力であったと言わなければならない。

自省から生まれたのが、半ば自伝的な、演劇に関するアイロニックな二篇の佳作である。『イニシュの劇』は、海辺の小さなリゾートで、夏場の呼びものとして招いた巡業劇団が、イプセンやチェーホフなど「ハイクラスの」劇を上演すると、それまで平穏無事だった町の無邪気な人々が、劇を現実と混同して、他人事と受け止めず、観劇が自殺や不倫など、さまざまの不都合を引き起こすため、急遽サーカスに切り換えられる顛末のファースである。そして『教会通り』(一九三四、アベイ劇場)は、失敗した自作への反省から、『イニシュの劇』を裏返して、「奇妙なアイルランドのこと」をテストする、長い一幕の悲喜劇に転じる。

七年間ロンドンに滞在しての劇作が不評のため、若い劇作家ヒューはアイルランドの郷里の田舎町に帰省する。教会通りの「単調さ、活気なさ、退屈さ、死んだような静けさ」で、ドラマの素材もないと嘆くと、大伯母モルに「目も想像力もない」「間抜け」だと叱られ、「見る目さえあれば、教会通りのぬかるみを、喜劇や悲劇がスカートを引きずっていくのに」と挑発される。

ロンドンでは目の前の現実を見落としていたと感じるヒューは、モルの示唆にインスピレーションを得て、歓迎パーティに集う故郷の来客のドラマを劇中劇として想定する。自らに似た劇作家を主人公にし、見かけは平穏な町の平凡な人々の生活の裏に潜む状況を、飢えや失恋や妊娠中絶など、想像と現実を見分けがたい瀬戸際まで進める。

「とてもリアルに見えた」と泣いている様子のモルに、ヒューは「すべては僕の頭の中。いわゆる想像の作り話だ」と安心させ、最後に冗談めかして、客のバッグの中を見て、自らの創作の真偽を確かめたいとさえ思う。場面は実家の客間でありながら、ダブリンやロンドンにも移動し、時間もパーティの夜から何カ月にもわたる劇中劇に、ヒューが登場し、「劇作家として、現実生活に、ある形、ある舞台の形を与える」。

来客の登場が、「自然な人物」の「全く演出されていない印象を与える」「まずい」登場と、「喚び起こされた人物」の「少しゆっくりした落ち着いた台詞と、少し芝居がかった身振り」の再登場との対比で示されるように、現実と虚構の二様の創作を具体的に見せることで、ドラマ構想のアイロニカルなメタシアターとして刺激的になる。

ロビンソンの手法の効果の一つは、観客にリアリティとは何かを新たに考えさせることである。われわれは劇場でどんなリアリティを期待するのか、劇作家はわれわれが受け入れるリアリティ（あ

るいは真実）にどのように辿りつくのか。（C・マレー）

老姉妹の経済的不如意、父がしでかした姉妹の株の不正利用、あるいは、ヒューがかつて婚約直前まで進んだオナーの失恋、宗派の違いで結婚をためらうプロテスタント娘の中絶など、扱うエピソードは非連続の「一連の小場面」であるため、想像をめぐらすというより、思いつきに近い軽さではあるが――

演劇的には十分で、もっと長かったら、作品のポイントを埋没させてしまうだろう。そもそもこの劇は数人の個人の面白い話についてではなく、芸術の本質についてであり、話はその例証にすぎない。（R・ボーガン）

『教会通り』は、欧米の演劇の影響による劇作では、不満足な成果しか得られなかったロビンソンの、アイルランドの劇作家としての反省による、身近で切実な「奇妙なアイルランドのこと」への立ち返りである。しかもかつてのリアリズムでは、複雑な現実を捉えられないことも否定できず、慣れた喜劇のアイロニーに、新しい実験性を合わせて、離れていた「奇妙なアイルランドのこと」にこだわる新たな決意を表明した、「私に似ていなくもない若い劇作家」ロビンソンの自伝的作品であると考えられる。

しかし、そのあとロビンソンは急速に創意をなくし、インスピレーションの源だった「奇妙なアイルランドのこと」への回帰も、他に優れた成果を生み出せず、結局は現実の表層の皮肉な観察で、長いキャリアを終える。

オケイシー『こけこっこーダンディ』

傑作『鋤と星』が引き起こした騒動のあと、ショーン・オケイシーはロンドンに「亡命」し、その「汚染」を批判される。反リアリズムの実験性と、現代アイルランドを風刺する連作の故である。

後期オケイシーを代表する『こけこっこーダンディ』（一九四九、イギリス初演）は、人間大の鶏が大暴れする、アリストパーネスを思わせる、奇抜なファンタジー劇で、当代アイルランドの「時代遅れの信念に戻る傾向と、潔癖主義への偏向」を痛烈に指弾する風刺喜劇である。「私の好きな作品で、ベストだと思う、個人的意見だが」と作者は記す。

一九四六—四七年の泥炭輸送をめぐる労使紛争という、ローカルな労働問題を素材にしながら、アイロニカルな寓話性に富む劇で、片田舎の家はアイルランドの縮図になる。片田舎ニャドナニーブの小農場主マースローンは、泥炭輸送のメーアンとの対立で、ストライキ寸前に直面する。先妻との娘ロアリーンがロンドンから帰国して、何かと不思議なことが起こる。謎の鶏が出没し、奇蹟的な混乱を引き続き起こすと、ドミニア神父を呼んで、抑えにかかる。

ニャドナニーブが、ゲール語で「聖者の巣」を意味し、またジョイス的地口で、「悪漢の巣」をも示唆する（D・クラウス）ように、命名が「象徴性、寓意的特性」（H・コゾク）をもち、「善と悪が互いに争う一種の道徳劇」あるいは「不道徳劇」である。笑いを「武器」とする騒々しいドタバタ喜劇であると同時に、抑圧的な「聖者＝悪漢」がのさばる暗い喜劇にもなる。

巨大な雄鶏は、オケイシー劇の最も独創的な登場者である――

真っ黒の羽が、レディのはめた手袋のように、すらりとした軽快な体にぴったり合っている。黄色の脚と踝、翼のような明るい緑の垂れ、尾のように垂れた、こわばった覆い、大きな深紅色のとさかが頭を飾り、深紅色の垂下物が顎から垂れる。顔は皮肉な道化師の顔付きである。

家を揺すり、椅子を壊し、聖像画を裏返し、燈明を揺り動かし、酒を変色させ、ズボンを剝ぎ、シルクハットや娘に変身するなど、陽気で大胆ないたずら者で、ニャドナニーブを抑圧する反動勢力を引っかきまわす。

数々の不思議で、敵方から悪魔の化身のように恐れられるが、鶏は現代アイルランドの「道徳的麻痺」に対置される「生命の喜び、活動する精神」――本能や性、勇気や反抗、喜びや笑いのシンボルである。だから鶏との関わりで、他の人物の「ぺてんや迷信や空念仏」が脅かされる。迷信深い金銭欲のマースローン（障がい者の意）やライバルのメーアン（弱虫の意）、宗教の権威を盲信するシャナー（老人の意）や片目のラリーたちは、その自己満足や無気力や保身で、鶏の嘲りや悪ふざけの標的になる。他方、鶏の化身ともいえるロアリーンは、男を幻惑させる性的魅力をもち、陽気で自立的であり、メイドのマリオンもとさかに似た被り物を着け、女たちは額に角が生える。全体として、男性は小心で無知で迷信深く、自己中心的で、物欲に支配され、女や性を恐れる。

鶏とは対称的なドミニア神父は、その名が表すとおり、村のあらゆる面に権勢を振るって、歌や踊りを禁じ、愛や性を毛嫌いし、村人を脅して従わせる。ドグマと頑迷、不寛容と抑圧の代名詞のような存在で、当代アイルランドの政治や社会や道徳を麻痺させる宗教を反映する、否定的な姿で終始する。『こけこっこーダンディ』は、ファンタジーあるいはパストラルで、そのイメージと色彩で詩的でさえあるが、同時にペシミスティックなアイロニーの悲喜劇でもある。

劇を構成する三つのシーンは、いずれも暗い終わり方をする。第一場は、マースローンの義妹ジュリアを聖地ルルド詣でに送るが、ドミニア神父の約束する奇蹟でなく、何のご利益もない帰国が予告される。アイルランド人を縛っていると作者が考えるカトリシズムの批判である。

第二場では、ドミニア神父が自らの権威に挑むトラック運転手ジャックを、その男女関係に怒って撲り殺す。不自然なエピソードであるが、作者は似た実例に基づくと力説する。

そして第三場は、生活と性を生きようとする人々を鼓舞した鶏が厄介払いされ、笑いは消えて、ロアリーン、後妻ローナ、マリオンらが悪を逃れてアイルランドを去り、「生活がここよりも生活に似ているところ」へ向かって去る。「このうろたえた土地から、女の子たちが何万人と逃げていくのが不思議でしょうか」とロアリーンが代弁する厳しい移民の現実のことである。

この劇の中心的なアイロニーは、現代アイルランドの若者にとって、その世代の慢性的なイギリス移住は、実は解放といえること――より寛容で多元的な社会への解放であることである。（M・ピアス）

しかも「世紀半ばのイングランドで、アイルランド人に対する嫌悪と憎しみは珍しくなかった」とピアスが注記するように、オケイシーの予測しえなかったアイロニーが、この先に待っている。

鶏は結局、女性たちを鼓舞しながらも、退却せざるをえない。『こけこっこーダンディ』は若さと喜びを謳うと同時に、それを阻害する宗教と体制から逃れることでは弱さと敗北になる。

イギリスの植民地支配から解放されたあとの、中産階級の体制とカトリックの支配に対する風刺と攻撃の激しさには、晩年のオケイシーのアナクロニズムという批判がある。現状に対する怒りや憂いが、かなりストレートに表れている一方で、ファンタジーとファース、詩と笑いで、目にも耳にも楽しい、アウトサイダーとインサイダーの視点からのアイロニーで、「オケイシーの最もおかしい劇は、また最も苦い劇でもある」（D・クラウス）。

フリール『ボランティアズ』

タイトルの「ボランティアズ」（志願者、義勇兵）は、アイルランド・ナショナリズムと深く関わる言葉で、イギリスからの独立を目指すナショナリストと、イギリスとの一体化を支持するロイヤリストと、双方の武力闘争と結び付くアイロニーがある。北アイルランド紛争は、主として闘争の場となる北だけの問題ではなく、南にも関連することは言うまでもない。宗派間の抗争や公民権運動で悪化する北アイルランド情勢に、『デリーの名誉市民権』で鋭く反応したブライアン・フリールは、南のアイルランド共和国の混迷と苦悶を提示するために、歴史的視点を強調する。

『ボランティアズ』（一九七五、アベイ劇場）は、直接には、首都ダブリンが、採掘されたばかりのヨーロッパでも有数のバイキング遺跡に、オフィス・ブロックを建てようとして起こるウッド・キー論争と、ＩＲＡ「政治犯」に裁判なしの「インターンメント」（予防拘禁）を導入する混乱を反映させる。二つは直結する題材ではないが、一つは、バイキング遺跡の考古学的発掘がもつ歴史的意味、一つは、南北にまたがるＩＲＡ活動のエスカレーションと、一九七〇年代の重要な出来事との関連で、現代アイルランドの「政治と文化の解剖」（Ｇ・オブライエン）に挑む。

首都のルーツを千年も遡る発掘作業は、今日の状況の歴史的メタファーになる。巨大なクレーターの発掘現場は、現代のアイルランドと、その下に横たわる歴史を合成する舞台装置である。工事が急かされるため、作業の予算と工期への対策で、安い作業員として、収監中のＩＲＡ「政治犯」から、「志願者たち」を現場に狩り出す。
五人の「ボランティアズ」は、当局には過激派あるいは破壊分子と見なされる一方で、発掘の協力者あるいは裏切者として、囚人仲間から排斥され、リンチによる処刑を予告される。「刑務所の運動場」ともいえる装置の、当局と囚人との二重の壁の中で、疎外され分断される少数派の葛藤を抱える「ボランティアズ」である。
頭の回転が速い、リーダー格のキーニーが、相棒のパインとの戯れで、発掘現場を見学する架空の学童たちに解説する――

ここの発掘は、バイキング初期からジョージ王朝後期にまで及ぶ。言い換えれば、およそ千年を越える。それで君たちの周りにあるのは、カプセル入りの歴史、アイルランド人物語の具体的な要約だ。……いいか、祖先について知れば知るほど、ますます自分たちについて発見する、そうだろう？　だから皆がここでやっているのは、本当は自己発見のスリリングな旅なんだ。

『ボランティアズ』の主題は、「アイルランドのアイデンティティとその構成要素の問題」（T・コーベット）であり、それは遺跡の考古学的解釈のように複雑である。発掘される中世の小さな家屋は、歴史の目に見えるメタファーであり、出土した水差しの復元は、アイルランド人の歴史的形成と関わるシンボルである。

「皮のロープがゆるく首に巻き付き、頭蓋に小さな丸い穴のある」、暴行ないし処刑の痕跡が明らかなリーフの骸骨が、ずっと舞台上に晒される。リーフ（LifeのアナグラムLief）の死因をめぐって、キーニーが示す、さまざまな疑問と解釈――リーフの離郷と犠牲、部族の抗争や仲間の殺し合い、神への忠誠か報われない恋か、殉難のストーリーは、バイキングのダブリンと「ボランティアズ」の運命が二重映しになって、現代アイルランド問題の歴史的意味を担う――

もちろんどの仮説を受け入れても、暗に示されるのは、彼が、言うなれば、その社会の犠牲者だった……たぶん言語の被害者だったことで、くそっ、ここにいる誰がそうでなかろうか。

遺跡の発掘が示唆するのは、アイルランドの暴力の歴史であり、リーフの謎を解くキーニーの仮説は、バイキング時代との隔たりを越えて現代と結び付き、混乱の類似を示す。

しかしキーニーが、「ただ正気を保とうとして」「おどけ者の仮面」を着けて、シニカルに話すフィクションであるため、どの「仮説」が信憑性をもつのか、明確にしない曖昧さ、そして定まらずに変わる意味付けが、かえって状況の複雑さと、それ故の困惑を示すことになる。アイルランドの暴力の歴史を、アイロニカルな冗談として語ることに、「志願者たち」の絶望的状況が読み取れる。

五カ月の発掘が急に中断され、現場を閉じる最終日、「現場の凌辱」に反対する「志願者たち」が、囚人仲間によるリンチを待つ。紛争で分断される暴力社会の歴史と現代が直結するところであるが、リーフのような、争いの犠牲となる前に終幕となる。

発掘現場で見出す遺構やリーフをめぐる解釈は、つまり「歴史の鍵は解釈にあり、解釈の鍵は誰が解釈しているかの問いにある」（G・フィッツギボン）。リーフの謎を解く数々の仮説は、解釈が多用で不確かなことで、一つの視点や立場への固執や忠誠を疑わせることになる。

北アイルランド紛争の根底にある、ナショナル・アイデンティティの探求、あるいはそれと関わるマジョリティ対マイノリティの論争の問題作である。ただ、北アイルランド紛争にむしろ冷淡な、「無関心、罪意識、挫折感の混じる」（C・ミラー）南では、『ボランティアズ』は歓迎されず、フリールの失敗作と見なされることもある。それこそ『ボランティアズ』の最も厳しいアイロニーであろう。

5 語り

畑で父親を殺した平凡な若者が、遠くの村に逃れ、入った酒場でその話をすると、「すてきな話」ともてはやされて、村人の尊敬と村娘の愛情を獲得し、村の「ヒーロー」（プレイボーイ）になる。

荒唐無稽ともいえるストーリーで、劇場の内外で騒動を起こした、シングの『西の国のプレイボーイ』（一九〇七、アベイ劇場）は、語りと実態、虚構と現実のシリアスなテーマを、奔放な想像と荒々しい写実の緊張と落差で展開する悲喜劇である。

村人は父親殺しの残虐さを全く無視し、日常の倫理を逆立ちさせて、「すてきな話」を喜び、呆れる息子は自我の拡大と自己の解放を果たしていく。ところが、包帯で頭をくるんだ父親が、生きて村に現れ、息子が再び襲うと、村人の反応が急変し、その「汚らわしい行い」で、たちまち「くわせ者」（プレイボーイ）として村から追放される。風向きの変化を村娘ペギーンが代弁する。

よそ者は威勢のいい話ですばらしいけど、裏庭で喧嘩して、鋤で一撃するのを見たら、すてきな話と汚らわしい行いには大きなギャップがあることがわかった。この男を連れてって、そうしないと、今日のことでみんな取り調べられるわよ。

若者は、ヒーロー扱いしてくれた村人たちに祝福の言葉を残して、父親と意気揚々と去っていく。

写実的に解釈すると、ストーリーは不自然であり、笑劇と取ると、不調和な激しさであるが、グロテスクな悲喜劇の本質は、「すてきな話」と「汚らわしい行い」の並置とその落差にあり、旅立つ父子の姿にもアイロニーが伴う。

アイルランドには語り、ストーリーテリングの長い伝統があるから、演劇の発生が遅れたと言われる。

演劇は、ヨーロッパの大部分と比べて、アイルランドには比較的遅くやってきた。もっと伝統的な芸は、シャナヒーの芸で、話のすべての人物を自ら演じて、聞き手の想像を引き付ける、劇的なストーリーテラーである。（R・A・ケイブ）

炉辺での老人の語り——昔話、伝承、思い出、歴史などを集いで語り、聴く機会が、のちに演劇、舞台につながる。語りとの結び付きは、伝統への回帰であるとともに、視点・視野への関心から新しさをもち、回想や想像と関わる上演の便宜で、舞台の制約より演技の解放を得やすい。

アイルランド演劇は時に劇作家の演劇と称され、語りを巧妙に利用したシング、ベケット、フリールから、実験的なマクドナー、マクファーソン、カーなどの作家を誇ることができるのは、単に言葉の問題でなく、語りがアイルランド劇のさまざまな特性に近いからである――意識や想像による内面性、時空の移動と再現の自由など、語りと演劇は不可分の関わりをもっている。だからアイルランド劇にストーリーがよく利用され、あるいは新しい劇にモノローグ劇やワンマン劇が少なくないことも頷ける。

フリール『霊感療法師』

医術と薬剤でなく、祈禱と呪術による「霊感療法」という、特殊な題材を扱う『霊感療法師』（一九七九、ニューヨーク初演）は、三人のモノローグで成り立つ実験的技法でも、ブライアン・フリールの野心作である。

元来すぐれた短篇小説家であるフリールが、アイルランド伝来の語りを演劇で生かした、「小説と演劇の表現形式が出会い、異なるジャンルのあいだに起こる作品」（D・カイバード）である。フリールに多い追憶劇の究極の成果で、男二人と女一人が、一人ずつ別々に客席に向かって語りついでいく。

霊感療法師フランクの、最初と最後の二つの語りのあいだに、パートナーのグレイスと、マネージャーのテディの語りが挟まる。過去の追憶に付きまとわれる三人の、四つの長いモノローグによる四部構成で、劇としての成立をほとんど危うくさせかねない。

おんぼろのライトバンで流浪する一行は、ウェールズとスコットランドの田舎で、病人や障がい者や負傷者を相手に、時には騙し、稀には成功する、一夜限りの「霊感療法」の旅を続けた。その間に自分に起こった出来事を思い出として語る。三人の話題は対応関係があり、事実に基づくと思われながら、ずれや矛盾があることに、観客は気付いていく。

追憶や回想の頼りなさ、それにもかかわらず真実性があることを、一貫してテーマとするフリール劇であるから、追体験する三人の語りは、同じ話であっても、個々の視点や感情による主観性が混じり、必然的に相違や矛盾、省略や歪曲も予期しなければならない。単なる記憶違いや表現の差異に留まらないのは、基本的なことで、微妙な、あるいは奇妙な食い違いがあるからで、例えば、フランクとグレイスが夫婦か愛人かどころか、グレイスの名前や出身地さえも曖昧で、グレイスが「わたしもフランクのフィクションの一つ」と語るほどである。

歳月も曖昧な、筋道のない三人の回想の中で、特に重要な三大事件がある。フランクが一晩に一〇人を治療した、ウェールズの教会での奇蹟。スコットランドのキンロクバーヴィでの、グレイスの死産。そして郷里バリベーグに戻ったフランクの惨殺である。

これらは三人が当事者で、同じ出来事の回想であるはずだが、キンロクバーヴィの出来事は、グレイスとテディには、グレイスの死産であるのに、フランクにとっては、母親の心臓発作の報せである。またフランクの死は、グレイスとテディは、最後の「パフォーマンス」に失敗したための報復とするのに、フランク自らはほとんど生贄の自殺をほのめかす。

　四つの連続する語りで、先の人物の語りが、続く人物の語りと一致しないから、観客は絶えず「違った種類の真実」の謎を解いたり、修正を迫られたりする。回想ないし証言の食い違いは、なんらかの理由があると考えられ、語りの感情や動機を探さなければならない。愛憎にしろ依存関係にしろ、自己主張にしろ言い逃れにしろ、差異や矛盾そのものに、個々の立場からの必然性や正当性があるのかもしれない。

　観客は三人の語りの一致点と相違点から、「半面だけの真実」に隠されたことに迫らねばならない。舞台の上で何一つ起こらず、各自の語りだけが手掛りで、作者は一つの「真実」を提示したり押し付けたりしない。だから「観客の協力が不可欠の構造」（U・ダンタナス）である。

　最も意表を突くのは、ドラマの途中で、フランクもグレイスも開幕からすでに死んでいることがわかる作意、作為である。第二部、グレイスの語りの部の担当医の片言「あなたの亡くなったご主人」で、フランクの死亡がわかり、第三部、テディのモノローグで、グレイスはフランクの死後一年目に自殺していることが判明する。そして第四部でフランクが自らの死の場面を説明する。

　日本の能のような幽霊劇で、死者が登場して、自らの生前や死を語る回想劇であり、黒澤明監督の映画『羅生門』との類似を指摘されることもある。

『霊感療法師』は、フランクだけが開幕の第一部と閉幕の第四部の二度の語りのため、ドラマの枠をなすとも、あるいは、おそらく生きているテディの一番長い語りが、最も真相に近いとも考えられるが、「これらの追憶や解釈のギャップにこそ作品の意味がある」（F・C・マグラス）ことになり、ストーリーは絶えず変化して、収束し完結することがない。観客の積極的な参加と複合の視点で補完する必要がある。

最も不確かなのは「霊感療法」そのもので、いわば騙しの腕がいいフランクの語りは、最も虚構性を感じさせながら、過去の治療例を論じ、自分の能力や治療の意義に関して、内へ内へと疑問を深めていく。

しかし疑いにつぐ疑いが……その始まりは控え目で、若者のきざな勿体ぶりからだった。俺は無類の凄い才能を授けられているのか――ああそうだ、どうやらそのようだ。その正反対に俺はぺてん師かだろう――もちろんそれはナンセンスだと思う。そしてこのばかげた両極のあいだにいろんな可能性がある。みな偶然なのか、腕前なのか、幻覚なのか、錯覚なのか。正確には俺にどんな力があったのだ。

フランクの自問自答は、「芸術、書く技術や何かのメタファーです。それと、そのことに関わる私たちみんなの大きな当惑も」とフリールは認める。フランクは芸術家の原型で、その問いは、自信と不安のあいだで揺れる作家の複雑で深刻なオブセッションでもある。また「霊感療法」の「パフォーマンス」は、演劇のメタファーにもなり、語りによる演劇の最もラジカルな例である。

マーフィ『ジリ・コンサート』

経済改革の波に乗って、「自力で叩き上げた」建築業者「アイルランドの男」は、物質的には恵まれた仕事と家庭をもつ、中流階級の中年者である。ところが、仕事上のさまざまな汚ないやり口でうつになり、妻子には口汚なく、暴力的になって、家出される始末で、「すべてが陳腐で浅ましく低級。愚かで無感覚、罪深く無価値で駄目」と感じる神経症に陥る。空虚で不安な気分の落ちこみを紛らすのに、二〇世紀イタリアの有名なオペラ歌手ベンジャミーノ・ジリのように歌いたいと、突飛な妄念に取りつかれて、怪しげな「ダイナマトロジスト」JPW・キングのオフィスを訪れる。現代アイルランド変革期の変貌と混沌に直面する人々の「魂の飢餓」と再生を扱うトム・マーフィの『ジリ・コンサート』（一九八三、アベイ劇場）のおかしな幕開けである。

アイルランド人の血もひくらしいイギリス人キングは、パブリックスクール出身の上層中流階級であるが、仕事でも私生活でも、ドロップアウトの敗残者に見える。イギリスの本部とは関係が断たれ、外界と隔たるオフィスは、顧客があるとは思えないすたれようで、むしろ寝泊まりの部屋らしい。当人の外見からも、人々の「自己実現」の手助けをするというダイナマトロジーは、いかさまのオカルティズムとしか思えない。異なるようで似ている、奇妙な二人の出会いが、患者と医者の面接による精神療法のように、数回のセッションで展開する。

患者が身の上話や幼時の思い出を話して、挫折感、罪悪感から逃れ、再生への手掛りを得る。セッションを重ねる治療のプロセスで、「自己分裂の暗い深淵の形而上的体験」による「実存主義的サイコドラマ」（R・カーニー）になる。

精神療法あるいは懺悔のパロディともいえるセッションで語る、「アイルランドの男」のライフ・ストーリーは、名前も住所も明かさない曖昧さで、ジリでありたいあまり、家庭の貧困や暴君の兄など、子供時代の不快な話は、ジリの自伝を多く混成する、ファンタスティックな経歴物語になる。

語り合うことで心の底を見せて、治療を得ていく本来のプロセスから逸れることになるが、本気か偽りか紛らわしい相談ながら、「ジリのように歌いたい」というオブセッションは明らかである。

ジリを聴くと――聴くのを止められないんだ！　胸がいっぱいになる！　いろいろ――胸が。張りつめる、すべてがもっと張りつめる。注意深く聴く。すると美しい――だが叫んでいる――思い憧れている！　何を憧れている？　私を正気にしているのか、狂わせているのかわからないんだ。

それは「魂を売った者が、魂を取り戻したいと願う」ことで、「実存的病」の自己嫌悪や精神的不毛を逃れる「自己実現」（R・カーニー）の努力、あるいは理想や美への超越的憧れと説明できるだろうが、経済と社会の変革による成功の陰の「魂の飢餓」のメタファーになる。

男とキングは、外面的には相談者と回答者、患者と分析医のように対極的関係でありながら、魂の袋小路、内面の暗闇では相似し、分身ともいえることがわかってくる。「精神こそ、生きていることの本質である」と二人とも認識しているからである。

しかし皮肉にも、キングの方がより深刻な状況である。人妻ヘレナと電話だけの片思い、あるいはストーキングの関係を続けながら、別の人妻モーナとオフィスで性的快楽に耽り、仕事でも私生活でも自分の方が治療を必要とするほどで、「自己実現」のための刺激を待っていたともいえる。だから途中から立場がむしろ逆になって、男より饒舌になり、自己を悟っていく。

その結果、男はキングとの対比で、自分の生活がそれほど悪くないと感づいて、仕事と家庭に喜んで帰っていく。ダイナマトロジーの「暗闇のどん底に跳ぶ、跳びこむ」選択肢を避けて、元に戻る。そして「ジリのように歌う」夢には失敗したにもかかわらず、オブセッションからの解放に満足し、「いい仕事をしてくれた」とキングを称えて去る。男はこのような神経衰弱をしばしば繰り返しているようだから、今回も一時的解決で、中途半端な抵抗と自己偽瞞の治療打ち切りにすぎないのかもしれない。また落ちこんで同じことを繰り返す可能性がある。

一方キングは、男の治療に失敗し、ヘレナに去られ、モーナは末期ガンで死を目前にする絶望と覚醒の中で、男のオブセッションが転移したかのように、自らが「ジリのように歌う」奇蹟を実現することになる。男が去り、部屋の鍵を掛け、ブラインドを下ろし、レコードの電源を切り、オーケストラの前奏に合わせて、ジリのアリアを歌う。歌うキングは、酒とドラッグによる恍惚状態でのイリュージョンであり、役者がレコードに合わせてジリの声で歌う妄想の演技である。

だから男の「治癒」もキングの「奇蹟」も、「暗闇のどん底に跳びこむ」ことでの「自己実現」あるいは精神的再生のハッピーエンドとはならないだろう。「ジリのように歌う」は、魂の解放のメタファーとして共有できた二人だが、二人とも当初の意図に反する成果で、男はそれを放棄することで旧態に戻り、キングはそれを果たしたイリュージョンで、俗世に生きる意欲を得るといえる。魂の救済をめぐるシリアスな劇は、皮肉にもそれぞれの意図とは違う奇蹟を生む喜劇になる。

使用されるジリの歌うオペラのアリアや、ファウスト伝説などのインターテクスチュアリティで、寓意性によるさまざまな解釈が出る余地があり、それが魅力であるとともに、難点にもなる。しかし喜劇的なアイロニーを見落とすことはできない。基本的には、変革期の繁栄と混乱の中で自己や目的を失う、「魂をなくした世界での魂の苦悩」、「魂へのオブセッションと魂の歌」（P・メイソン）のアイロニーのドラマと見なすことができる。「魂の飢餓」と再生の試みを、精神療法のセッションのストーリーテリングを利用する台詞劇であるが、精神性と関わるため、むしろメタフィジカルな性質を帯びる悲喜劇になる。

マクファーソン『堰』

今日のアイルランド演劇で、最も成功している劇作家の一人に、コナー・マクファーソン（一九七一―）がいる。都会派のマクファーソンは、かつて田舎の祖父が話す、土地の出来事や炉辺の話など、さまざまな伝来の語りに馴れ親しんだ。だから都会の酒と女と暴力に溺れる若者たちの、告白や弁明を表す初期の試作から、登場人物一人のモノローグによる、語りの劇を創作するようになる。実際マクファーソンは巧みなストーリーテラーである。

自作を「舞台で普通の人間感情がごく単純に表現される劇」と語るマクファーソンは、そのアイルランド性に関して、「カトリシズムの概念全体、精神世界を物質世界よりなんとなくもっとリアルとする考え方」の影響と指摘し、「アイルランド人は内面の生活に……そして内面の反応に、より関心があり、モノローグは人々が本当に考えていることに入りこんでいく」と捉えている。

代表作『堰』（一九九七、ロンドン初演）の舞台は、アイルランド北西部の片田舎、農場の一部の小さなパブであり、時も所も、人物も言葉も、出来事も展開も、特別なことは何もない、自然な開幕である。タイトルの原義は、「水流を調節して、地域の電力を起こす仕切り」であるが、「五人の登場人物が話し、物語ることを通して、感情がコントロールされ解放されることのメタファーになる」（N・グリーン）。

周りの住民はごくわずかで、主人ブレンダンの寂れたパブの常連は、小さな自動車修理場を営むジャックと、その助手などをするジムであり、これら中年か初老の独身男の三人は、満たされない孤独な姿を示す。

しかし〈ケルトの虎〉時代のバブル景気が片田舎まで波及し、土地の売買や外国人観光客が話題にのぼるのも現実で、ホテルや不動産で成功しているフィンバーが、魅力的な新たな住人ヴァレリーを伴って来店する。フィンバーは二人の関係を否定する、既婚の実業家であり、ヴァレリーは娘の急死とそれに続く離婚で、ダブリンから移り住む都会の知識人である。

『堰』はこれら五人のアンサンブル劇であるが、会話や演技よりも、店主を除く四人のストーリーテリングが重要な役割を果たす。フリールの『霊感療法師』の刺激が明らかでも、客席に直接語りかけるモノローグ劇ではない。三単一を守る写実的な『堰』は、「アンサンブル・モノローグの構造が、多様な視点を容易にし……観察とストーリーのモザイクをもたらし、最後に全体の一貫性をもたせる」（C・ウォレス）。

パブの気楽な雰囲気で、気心を知る仲間たちの談笑、あるいは珍しい女客の刺激で競う世間話が、孤独な語り手の内奥を示唆する。また超自然的現象を拒まない土地柄を反映して、幽霊の出没や死後の世界の不可思議な体験談に発展していく。

ジャックは、ヴァレリーがフィンバーの勧めで買い求め、移り住む家が、「妖精の道」を妨げていたため、妖精が戸を叩く不思議な音がしたという、かつてこの家に住んでいた老女が体験した、伝統的な妖精譚を語る。フィンバーは、自宅の階段で亡霊を見たと言う近隣の娘に助けを求められて駆けつけたが、昔その娘の子守りをした老女の転落死を知らせる電話があった影響で、町に引っ越した自らの体験話をする。次にジムが、隣村の墓掘りの仕事で、墓の間違いを指摘する男の指示で、死んだばかりの女の子の墓を掘り返したが、その男の死を伝える新聞で、死後も児童へのセクハラを続けようとする「小児性愛者」の亡霊だと覚った話をする。

男たちは魅力的な都会女を、ゴースト・ストーリーで脅す、あるいは慰めるつもりだろうが、「話が一つずつ進むにつれて、超自然なことが、よりリアルに、具体的に、気味悪くなり……いずれの話も、女の子を脅す幽霊が中心をなす」(S・T・カミングズ)。

ストーリーテリングを終わろうとする男たちに抗して、ヴァレリーが自らの体験――水泳教室の事故で溺死した娘から、数カ月後、助けを求める電話があったと話し始める――

電話はとても遠かったの。混線しているようだった。いくつか声がしたけれど、何を言っているのか聞こえなかった。するとニーアヴが聞こえたの。「ママ?」と言った。それでわたしは……「そうよ」と答えた。(短い間) すると……わたしを連れに来てと言ったの。

聞き手の男たちは、それをヴァレリーの幻聴としたり、逆に自分たちの話を幻覚にしたりで、孤独な人間としての心遣いやいたわりを示す。

そして帰り支度の中で、再びジャックが自らの孤独と救いを知った話――かつてダブリンに去っていった恋人の婚礼に参加し、宴を抜け出して、あるパブで孤独をかみしめていた時、見知らぬバーテンの親切に触れて涙した、ゴーストの出ない話をし、ブレンダンがヴァレリーを慰めながら家まで送っていく終幕になる。

男たちが伝聞や体験で、それぞれの孤独や後悔から、性的感情もほのめかすゴースト・ストーリーとなり、「話されるストーリーで、話の中心人物と語り手がますます類似してくる」（A・ローチ）。しかし『堰』は、「単に隠された衝動と動機だけでなく、人間関係に関する劇」（G・C・ウッド）でもある。

ヴァレリーは男たちの幽霊話で、自らの恐怖体験を語る気になり、バーテンのサンドイッチに涙するジャックの姿にも、抑えた感情の解放が見られる。作者の説明では、「基本的な恐れ、人々が共同体を強く必要とすることに関する劇」で、「全く楽観的な作であるのは、接触すること、結び付くことが意図だからです」となる。

この劇は実際非常に単純なアイデアによっています。なんらかの支援と慰めを必要とする人がいます。ヴァレリーはそれを得る場所を見出すのです。

素朴なモノローグの語りで交歓する『堰』は、そうした作者の主旨を実現する佳作である。

マクドナー『ピローマン』

アイルランドだけでなく、英米などグローバルな人気と評価で、それも毀誉褒貶が交錯する中で、一作ごとに話題を提供するマーティン・マクドナー（一九七〇―）の『ピローマン』（二〇〇三、ロンドン初演）は、注目すべき新作だった。

『リーナーン一の美女』で始まる、アイルランド西部の片田舎とアラン諸島に設定する、暴力とブラックユーモアに満ちた連作で、劇場を満席にした作者が、アイルランドのコンテクストから一転して、「全体主義独裁国」の物語作家を主人公にする。

ただし、先年の『イニシュモアの副官』で、北アイルランド紛争の過激派の暴力を茶化して、物議をかもした自らの体験を反映しながらも、元々マクドナーがアイルランド西部の劇を次々と生み出していた頃、上演までには届かなかった、初期の草稿に基づくらしい（P・ロナガン）。

舞台は架空の「全体主義独裁国」の「警察尋問室」、二人の刑事テュポルスキーとエアリエルが、作家カチュリアンの取り調べを開始する開幕である。

目隠しはすぐ外されたものの、「反警察」でも「反国家」でもない、童話作家にすぎない自分が、なぜ尋問されるのか、当のカチュリアンには皆目わからない。観客も、「ユダヤ人街」や「電極」などの片言から、かつてのファシスト体制を連想しても、具体的対応があるわけではなく、作品を押収して、細かい穿さくや威嚇的なこだわりを示す異様な取り調べを、漠然とした既視感で追っていく。

カチュリアンは食肉処理場で働きながら、すでに四〇〇篇の短篇を創作しているが、印刷されたのは、「私のベスト・ストーリー」と称する、ハメルンの笛吹き男の伝説を「ひねった」一篇のみである。初めはストーリーに体制批判の嫌疑かと訝り、「社会的下心は何もない」と弁明する。

しかし、幾篇かの短篇が、現実社会の一連の子供の失綜ないし殺害事件に似ていると疑われて、知的障がいのある兄ミホールともども拘禁され、重要参考人として厳しく尋問されていることがわかってくる。

残酷な暴力と恐怖を扱うカチュリアンのストーリーには、巧妙な「ひねり」やどんでん返しがあり、しだいに単なる犯罪の嫌疑を越えて、芸術の本質論や文学作品の分析――現実とフィクションの境界、創作の自由と責任、作品の意図と解釈の恣意など、異様な尋問に拡散していく。

隣室から拷問に耐えるミホールの叫び声が聞こえて、カチュリアンの取り調べは強化される。ストーリーが犯罪との関わりを疑われているから、草稿の九篇が引用され、その語りが『ピローマン』の骨組となる。引用の物語には、両親の異様な虐待や子供の復讐話も多いが、その語りはさまざまの変形を伴って、創作か事実か境界が定かでない。

例えば「リンゴの小人たち」は、二人の刑事が要約する。唯一出版された「川畔の町の話」は、カチュリアンが立ち上がって、言葉を楽しみながら読む。「緑の子豚」は豚の鳴き声まで使って、カチュリアンが語る。「三つの絞首台の岐路」はテュポルスキーがストーリーをパラフレーズする。

時には背後で残酷な活人画を伴って再現されるだけでなく、「カチュリアン自らの家族歴のメタフィクションになるように作品に組み入れられていく」(L・フィッツパトリック)。

ある両親が、二人の息子の片方を作家にするために、他方を折檻する話「作家と作家の兄」は、自伝性を嫌うカチュリアンの唯一の自伝的短篇である。第一幕第二場、カチュリアンの長いモノローグの語りを、劇中劇で両親殺しの場とし、第二幕第一場で、ミホールの希望でカチュリアンが「ピローマン」を語る。「昔むかし」で始まる短篇の主人公ピローマンは、全身「ふわふわのピンクの羽毛枕」で作られた枕男で、人々が将来の耐えがたい人生を逃れるためには、子供のあいだに自害するようにと説く話である。

短篇「ピローマン」が問題になるのは、現実に起こった三人の子供の殺害に酷似しているからだけでなく、未発表の短篇の筋を知っているのは、カチュリアンが読んで聞かせたミホールしかいないはずで、それが悪用されたと疑われるからである。

両親の激しい虐待で、知的障がいをもつミホールが、子供殺しのストーリーを現実と混同して、「ぼくは君のストーリーをやっていただけだ」と釈明する。当局のでっち上げを疑っていたカチュリアンは、ミホールの説明で、その犠牲と自らの責任を悟って、「君の罪じゃない、ミホール」と、涙を流しながらミホールの顔に枕を押し当て、刑事に「六人殺し」を打ち明ける。ミホールの告白する、三人の子供殺しの罪をかぶり、自ら犯した、両親とミホール当人の殺害である。

『ピローマン』の複雑に絡まるストーリーと現実の関係は、観客を戸惑わせ、予期せぬ変化とアイロニーの錯綜で、時には戯曲が未整理ではと疑わせる。

現実の残酷な虐待と、シンボリックな寓話のようなストーリーが密接に関わり、どんでん返しが繰り返される「ピローマン」は、主人公の死後にまで及ぶ。三人目の子供殺しが、キリストの磔の演技に苦しむ女の子の話「小さなイエス」によるとわかり、そのストーリーの恐ろしい細部を思い返して、カチュリアンは静かに泣き続ける。

ところが「小さなイエス」の「暗い部分」を避けて、ミホールが途中からハッピーエンドの「緑の子豚」に変更したため、三人目の女の子の生存が判明する。ミホールの子供殺しは最後まで真相は不明であるが、カチュリアンは少なくとも確実なミホール殺しで処刑されることになる。処刑が二秒早すぎて、亡霊のカチュリアンが立ち上がり、ミホールが「ぼくは弟の物語を本当に好きになると思う」と、カチュリアンの成功を助ける終幕になる。虚実あるいは正誤の目まぐるしい変転の中で、カチュリアンの短篇集は、エアリエルの気転で、警察のファイルに残存することになる。

プロットの「ひねり」で「解答のないパズル」に終始する、「入れ子の物語」（B・クリフ）は、虚実の境界をぼかす「複合的な枠組」（M・ドイル）が興味であっても、少なくとも上演では、もつれた難解さになるかもしれない、語りの技巧を尽くす異色作である。

第２部　異なる視野

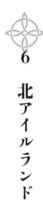

6　北アイルランド

北アイルランドの首都ベルファスト、プロテスタント労働者階級の出身で、ユニオニストの環境で育った女性劇作家クリスティナ・リード（一九四二―二〇一五）の、初期の一幕劇『アイルランド人についてのジョークを聞いたかね…』（一九八五、アメリカ初演）は、コメディアンが「クラブで演じているかのように、観客に直接ジョークを語る」開幕である――

皆さま、お早うございます。私は機長です。間もなくベルファスト市に到着いたします。乗客の皆さまはシートベルトを締めて、時計を三〇〇年前に戻してください。

イギリスのアイルランド侵攻は、一七世紀後半に、プロテスタント支配と土地収奪へと進み、一八〇一年、ついに併合する。南部は二〇世紀初期に独立を達成するが、北アイルランドはイギリス連合王国に留まり、その後、アイルランド南北統一をめぐる「紛争」が再燃する現実を反映するジョークであり、コミック・リリーフであるが、差別気味で、観客を笑わせる皮肉な風刺になる。

ドラマ本体の「ラヴ・ストーリー」（副題）は、紛争に巻きこまれる一組の異宗派の恋人が、強硬派の警告を無視して、死に到る悲劇を展開していく。アングロ・アイリッシュ協定が締結される年の創作で、階級や宗派の分断に阻まれて、結婚話がスムーズに進まない。和解の可能性を探る男の方が、家族で収容所を訪れて問う。

IRA暫定派の妻とUDAの妻が、檻をじっと見詰めて、両方ともが同じ沈没しかかっている船に乗っていることを実感する所が、北アイルランドで他にどこがあるかね。

北アイルランドは今でこそ、紛争や闘争が解決したように見えるが、まだ一時の小康を得ているだけかもしれない不安定さが残る。その状況に呼応して、あるいはその間隙を縫って、南に遅れを取る北の演劇が、さまざまの問題に直面して現れる。

総じてリアリスティック、二元的、挑戦的で刺激的なドラマである。固定観念や偏見への「喜劇と悲劇のあいだの綱渡り」（C・グローセ）の作品も少なくない。特に注目されたのは、教育や居住で南北にまたがる、フリール、マクギネス、パーカーなどの仕事で、フリールが主宰のフィールド・デイ・シアター・カンパニーと、女性のみのシャラバン・シアター・カンパニーの活動グループだった。

南が北の激しさや荒廃に嫌気がさして敬遠しているあいだに、北では現実を無視できずに対処し、特有の視点の複合、トピックや手法の多様化で、優れた成果を上げる。演劇の発生と発達が、北ではかなり後塵を拝したが、アイルランド演劇にどう寄与していくか注目される。

北アイルランドの概要

首都　ベルファスト
人口　約一九〇万人
宗教　カトリック　約四五％
　非カトリックのキリスト教徒約四八％
略史　一七九一　ユナイテッド・アイリッシュメン結成
　一九六八　北アイルランド紛争始まる
　一九七二　デリー「血の日曜日」事件
　一九八〇　ＩＲＡハンスト闘争開始
　一九九八　聖金曜日協定で和平合意

パーカー『北天の星』

ベルファスト出身の優れた劇作家スチュワート・パーカー（一九四一―八八）には、『アイルランドのための劇三篇』となる「恐怖の喜劇」三部作があり、最初の『北天の星』（一九八四、ベルファスト、リリック・プレイヤーズ劇場）は一八世紀末のユナイテッド・アイリッシュメンの蜂起を扱う歴史劇である。しかし、蜂起の指導者ヘンリー・ジョイ・マクラッケンと、ユナイテッド・アイリッシュメンの機関紙名を兼ねる『北天の星』は、歴史の客観性やリアリティより、非常に複雑な構想による現代劇でもある。

普通選挙の拡充などで、カトリック解放を目指したユナイテッド・アイリッシュメンは、フランス革命の影響で急進化し、都市のプロテスタントと地方のカトリックの結束による、宗派間対立の克服と民族統一に向かい、さらにアイルランド独立を目標とする、武力闘争も辞さない共和主義の先駆けとなる。しかし、一七九八年蜂起が鎮圧され、一八〇一年、アイルランドはイギリスに併合されて、プロテスタント支配体制が強化される。

ベルファストで蜂起を扇動したマクラッケンは、敗走したが、アメリカに逃れる直前に逮捕され、絞首刑を待つ身になる。『北天の星』は、フラッシュバックによる蜂起の失敗を回想するマクラッケンのドラマである。「アイルランド、引き続く過去」の舞台は、ベルファストを見下ろす丘陵に立つあばら家。マクラッケンが一子をもうけている愛人メアリーのもとで、潜伏して世話になっている。

処刑前夜のマクラッケンの「夜の想い」は、一七九一年のユナイテッド・アイリッシュメンの結成から、蜂起を鎮圧されるまでの七年間を振り返り、共和主義の失敗の理由と自己の責任を考えて、「ベルファストの市民たち」に問いかける――

われわれは一つの国民を創れなかった。われわれの計画は死産した。われわれの過失だ。出産をやり損なった。それでもしイギリス人が、いつかわれわれ双方に委ねたらどうなるだろう。そうしたらどうなる。責任を負うべき者がわれわれしかいなかったら。

マクラッケンのフラッシュバックの構成に、作者は二つの野心的実験、メタシアトリカルな手法を用いる。

一つは、シェイクスピア作『お気に召すまま』のジェイクイズが、人間の一生を七期に分けるように、「同じ狂った恐怖喜劇を代々演じるサイクル」の七年間を、七期に分け、それぞれの時期を、道徳劇やページェントのように名付ける。「幼年時代、無垢の時期」、「理想主義、青年期」、「才気の時期」、「論理の時期」、「英雄の時期」、「妥協の時期」で、最後の時期は名付けていない。

例えば、第一期「無垢の時期」は一七九一年、マクラッケンら若者たちが、居酒屋で騒々しくユナイテッド・アイリッシュメンを論じる。初めて共和国を目指して武力闘争に転じようとする「英雄の時期」を経て、「妥協の時期」では、騙しや裏切りで、ユナイテッド・アイリッシュメンの目標が、「カトリックの暴動」に妥協していく。プロテスタント（プレスピテリアン）とカトリックの平等を唱え、双方の糾合による共和国を目標としたマクラッケンは、七つの時期の回想の果てに、絶望的な認識に到達し、絞首台に進む。

二つめの仕掛けは、「引き続く過去」の七つの時期の回想、抵抗と失敗の歴史に、アイルランド演劇の隆盛を代表する劇作家の文体を、パロディとコントラストに用いる。時代順に、ファーカー（あるいはシェリダン）、ブーシコー、ワイルド、ショオ、シング、オケイシーの六人を六つの時期に対応させ、それぞれの文体の混成で、一七、八世紀から二〇世紀までのアイルランド劇作の流れを辿る。例えば、「理想主義、青年期」の風刺には、ブーシコーの愛国的メロドラマ調を用い、「才気の時期」には、ワイルド流の風習喜劇のウィット、洒落に富む会話を用い、「論理の時期」には、ショオの議論劇の皮肉や警句を援用する。そして恐らく最後の「認識の時期の絶望と幻滅は、ビーアンとベケットがモデルである」（E・アンドリューズ）。

『北天の星』は、今日まで続く北アイルランドの悪夢の総括であり、政治・伝記・演劇の寄せ集めで、歴史を現代に直結させようとする、パーカーの思想と才気がきらめく野心作である。

この多様な声は、アイルランドのアイデンティティに関するパーカーの多元的な見方を強調し、同時に、アイルランドの過去と現在が互いを形成し続けている事実を説明する。（M・リヒタリク）

引用とアリュージョンに満ちたスタイルを、作者が説明している――

このパスティーシュの手法で可能になったのは、ドラマを何十年を通して現代にまで進め、観客に、歴史の正確さやリアリズムは忘れなさいと言えることです。わたしは共和主義の起源の話をし、何が間違ったのか、なぜ堕落したのか、スタートの目的となぜ反対になったのか、について見解を示し、腹話術師のようにさまざまの声を使って、それを明示するのです。

こうして歴史と現代が繰り返し、継続するアイルランドの緊張あるいは悪夢を提示する、演劇性に満ちた力業である。ただ、観客に要求されるアイルランドの歴史とアイルランド演劇の知識が多くて、舞台からマクラッケンに「ベルファストの市民たち」と呼びかけられる、今日の観客にどこまで伝わるのか疑問が残る。

デヴリン『われら自身』

西ベルファストのカトリック居住区出身のアン・デヴリン（一九五一―）の『われら自身』（一九八五、リバプール初演）は、南北アイルランドの統一を目指すＩＲＡの政治組織（あるいはそのモットー）のゲール語「シン・フェーン」の英訳をタイトルにして、現代アイルランドと関わる、時事性の強い作品である。

激化する北アイルランド紛争で、逮捕されたＩＲＡ活動家が、政治犯扱いを要求して、ブランケット闘争を開始し、さらにハンガーストライキを決行、一〇人が次々と餓死して、世界を震撼させた。

戦闘的カトリック・ナショナリズムが復活した一九八〇年代のベルファストを背景に、男性主導の政治と軍事の「われら自身」の大義を、ジェンダーで差別される女性の視点で捉え直し、「わたしたち自身」とアイロニックな意味にしていく。

リパブリカンの労働者街に住むマッコイ一家。騒然とした政治状況と、それに巻きこまれる家庭環境で、闘争でも家庭でも威圧的な父親マラキーのもと、窮屈な生活を強いられる娘たち。地域や家庭との日々のつながりで、一見、娘たちの男たちとのもつれや、もろい抵抗が主題に思えるが、闘争に異なる態度を示し、男の束縛を嫌って、従属と犠牲の現状に対処する姿を描く。

長女ジョジーは、父親と同じ暫定派ＩＲＡの活動家で、政治状況に最も深く関与する一方で、妻のいる社会主義労働者党のリーダーの愛人であり、結婚を解消しない男の冷淡な態度に困惑し、政治でも男性関係でも混乱している。次女フリーダは、ＩＲＡのパブで歌手をしながら、政治に関心はなく、抵抗の歌より、「わたし自身の唄をうたいたい」と望み、プロテスタント社会主義者の恋人に見切りをつけ、伯母の世話から離れて、イギリス本土でシンガー・ソングライターになりたいと願う。そして政治路線を渡り歩く長男リアムは、拘置中のＩＲＡ兵士で、内縁の妻ドナは、前夫とリアムそれぞれの子を持ち、近所の目と噂に晒されながら、リアムの釈放を待つ。ジョジーとフリーダの姉妹と比べれば、受身の曖昧さであるが、家庭の管理で一家の安定軸となる。同じ年齢層のこれら三人の若い女性、「人生の異なる段階で可能な道を代表する、母親（ドナ）、愛人（ジョジー）、職業婦人（フリーダ）」をめぐってドラマは展開する。

戦闘的共和主義の背景で、紛争は男性中心の闘争であり、女性たちは組織と家長の監視のもとにあるといえるが、男たちの政治の犠牲者として終始するのでもなく、紛争を逃れる真空地帯で家庭生活を送るのでもなく、むしろ闘争の渦中で、自分たちの体験から、三者三様にその役割と責任で葛藤がある。

先鋭的な一族を代表するのは、姉妹の伯母コーラで、闘争の爆弾製造の事故で、若くして両手を失い、目も耳も口も利かない姿で、行進の先頭に置かれ、活動のシンボルにされている。そうした一家に、伯母を世話するフリーダが反抗する――

わたしがわたし自身である機会が今までにあった？　父さんはわたしが生まれる前に拘禁。兄さんは銀行強盗でケーシュ監獄入り。近所でマッコイの名前を言ってごらん。人々は後退りで離れていく。ここに住むのはうんざり、ここは穴蔵よ！

マッコイ一家のさまざまな態度で、ナショナリズムの活動が女性に及ぼす影響を検証し、闘争のスローガン「われら自身」が、女性の自主性を表す「わたしたち自身」に変わっていく。しかもそれぞれの男との関係、恋と別れのねじれの中で、紛争の複雑さも見せる。

紛争の状況と最も関わるジョジーが過激な例になる。闘争に加わりたいと志願してくるイギリス人ジョーを、父親が連れてくる。「動機への非常に強い疑い」から、ジョジーも加わる厳しい査問をパスして、ジョーの仲間入りが認められる。見知らぬ若者の正体も目的も不明で、組織に接近する「イギリス課報機関のスパイ」の可能性が最初から疑われ、実際、嫌疑どおりに展開するのは興醒めで、「全く嘘っぱち」（F・オトゥール）と酷評が出るのも無理はない。

だがジョーもまた、男のヒロイズムの批判になる。ジョジーは活動をともにするうちにジョーを愛し、身籠る。ジョーは政治的にも私的にも二重の裏切者であることを暴露し、ジョジーは生まれる子を父マラキーのもとで育てる羽目になる。

北アイルランド紛争で、対立と分裂が最も激しいベルファストで、女性が政治的、イデオロギー的に白紙あるいは男性依存に終始することは許されず、女性の持ち場とされる家庭や、男女の関係自体が、闘争の場になる。自立と主体性を希求する女性たちは、「われら自身」の抗争の激しさの中で、疎外や孤立に直面しながら、「わたしたち自身」を強く示していく。

ドラマの最後でフリーダが、政治論議にふける男たちから離れて、女三人が浜辺で裸で泳いだ、紛争前の思い出を語る。連帯と反抗の「わたしたち自身」の束の間のエピファニーである。しかし女たちは「わたしたち自身」から現実に戻らなければならず、結局フリーダだけが、「わたしは窒息するより、独りぼっちの方がましよ」と、イングランドに渡って歌の道に進む宣言をする。「わたし自身」への進展であるが、「闇」の終幕になる。

「わたしは共和主義とフェミニズムを対置させようとし、フェミニズムが勝ちました」と作者は述べているが、むしろ「デヴリンはフェミニストの意識で書いているが、そういうぜいたくを妨げる環境と社会について書いている」（I・フォリー）といえる。

ジェンダーをめぐる問題提起と議論が主となり、ほとんどナチュラリスティックな作風に新味があるわけではないが、紛争に女性の側から批判的、アイロニックな再検討を加え、紛争が一応終った今日でも古びない作品にしている。女性の生活と夢を冷遇する男性の女性蔑視を批判しながらも、「わたしたち自身」であることの難しさを描く力作である。

ミッチェル『野獣が眠るとき』

一九六八年の公民権運動で再燃した北アイルランド紛争は、紆余曲折を経て、一九九八年の聖金曜日協定で、三〇年にわたる陰惨な戦闘やテロ行為が収まり、ようやく終息に向かう。しかし協定は和平への転機にはなっても、一夜にして平安を取り戻せる状況ではない。特に、さまざまな特権的政策やイギリスの支援で、圧倒的に強力だったプロテスタント側に、矛盾や混乱、葛藤や急進化が見られることになる。

政治情勢の変化に晒されるプロテスタント・ロイヤリストの立場を、裏切りと暴力のサスペンスに満ちたリアリズムで表現するゲーリー・ミッチェル（一九六五―）は、「アルスター・ロイヤリストの状況を理解しながら批判もできる、怯まない記録者」（R・R・ラッセル）とも、「ロイヤリスト・スリラー・悲劇」（M・フェラン）で注目される、「一九九〇年代に登場する最も重要な北アイルランド劇作家」（A・ローチ）とも評される。

ベルファスト郊外のプロテスタント労働者街区で育ち、「俺の社会を犯し、俺たちを皆殺しにしようとしているカトリックの怪物がとても怖かった」と語るミッチェルは、カトリック・ナショナリストと戦い、「アイルランド劇作家」に分類されるのを拒みながらも、プロテスタント・ロイヤリストの立場にも批判的であるため、仲間から迫害を受け、ついには住まいを棄て、街区を脱出せざるをえなくなる。

聖金曜日協定による政治的軍事的状況の変化で、プロテスタント内の偏見や抵抗に直面しながら、劇作にのめりこんでいくミッチェルの代表作の一つが『野獣が眠るとき』（一九九八、ダブリン、ピーコック劇場）である。プロテスタント・ロイヤリスト最大の準軍事的組織UDA（アルスター防衛協会）の混乱と変化を、幕間を挟む一〇場によって、理解と批判で描く。

組織のリーダーをしていたカイルとサンドラ夫婦の居間と、UDAのクラブを交錯させる舞台変化で、「家庭の領域での人間関係と行動が、大きな政治の世界の小宇宙になり、密接な相互関係をもつことになる」（A・ローチ）。

カイルとサンドラの夫婦の居間は、新しい壁紙貼りとペンキ塗りの作業中であるが、ほとんど役立たずのカイルは、仲間フレディの手を借り、フレディとサンドラで作業が進む。二人は、自分たちの部隊が地域を守る役割を失ったことに納得できないでいる。乱雑な部屋とその改装は、北アイルランドあるいはロイヤリズムの公的な領域である、クラブの改装と呼応する。UDAの溜まり場であるクラブは、オフィス、仲間うちの酒場、そして奥の懲罰室から成る。

話し合いによる和平プロセスの進捗で、ロイヤリストも賛否で分裂する。憎悪と武力による直接行動から脱せられない者と、状況の急変に便乗する者と、仲間割れが、思想の対立より、思惑の混乱として展開する。難しい転換時に、変わり身の早い上層部は、これまでクラブの責任者として、新旧の立場に立つラリー、新しいオーナーとして、正常化を企むジャック、その裏で操る、新体制の政治に野心をもつアレック、そして上層部におもねる従業員ノーマンなど。みな自己中心的ながら、立場と個性の差異を示す。

一方、実力行使が許されず、行き場を失うロイヤリストたちは、クラブでわがもの顔に振舞ってきたが、それを黙認し利用してきた幹部たちの方針転換で、身の置き場を失い、邪魔者扱いされることになる。和平プロセスを理解しないフレディは、政策の一変に反対で、クラブはこれまでどおりと勘違いし、興奮して暴れてしまう。

UDAの仕事を辞め、盗品や強奪にも頼られないカイルは、一つの事件で困難な立場に直面する。二人組の強盗がクラブを襲い、アレック主導の政治資金用の大金が消える。一人はフレディと目星を付けられ、これまでは「裏切者」を痛めつけていた懲罰室で、仲間うちの酷しい訊問が始まる。カイルは友人フレディと幹部たちのあいだで逡巡しつつも、その場に立ち会い、共犯者と金のありかを問い詰める役を引き受けてしまう。その葛藤と苦悩が血まみれの拷問の場になる。

協力を拒むフレディを、死に際まで追いつめる拷問を、作者は舞台上で血のほとばしるリアルな暴力で示す。和平の新しい秩序も、それまでの残酷な暴力に頼ってしまう経過を、暴露的に展開する。その矛盾の摘発は衝撃的である。

ノーマン、フレディをクリケットバットでぶち始める。ラリー頭を下げる。フレディぶたれ傷ついて、ついに血まみれになる。その椅子横倒しになる。カイル止める、フレディまだ椅子につながれている。カイル身を屈めて呼吸を確かめる。

ジャックとノーマンが去ると、カイル、ドアにバットを投げつける。フレディのところに坐り、もう一度脈をとり、ゆっくり、ぎこちなくフレディの体を抱える。苦心するが、なんとか外に運ぶ。

カイルの矛盾と困惑は、私的な家庭の領域で締めくくられる。サンドラは実母から金を借り、幼い息子を預けるしか生活の道がない。サンドラの共犯は、無力な夫への反感と、開幕から見せるフレディへの親近感からである。

フレディの相棒がサンドラであるとわかるカイルは、顔に唾を吐きかけられても、妻を手放し、通報しようと電話を取っても、それを壁に叩きつけ、その大笑いで終幕になる。

北アイルランド紛争後の今日性と直接性で、「北がその過去をどこまで置き去りにしたかについて、深刻な問題を呈し」（A・ローチ）、「今日の北アイルランド・プロテスタンティズムのアイデンティティの危機」（P・デヴリン）を示す威力と刺激で、『野獣が眠るとき』は見応えのある衝撃作である。

マクギネス『カルタゴの人々』

首都で平穏な学生生活を始めたフランク・マクギネス（一九五三―）は、一九七二年一月三〇日の「血の日曜日」事件に衝撃を受ける。テロ容疑者を予防拘禁できるインターンメントの復活で、ＩＲＡとプロテスタントの闘争が激化する中、平穏な公民権運動で行進するデリー市民に、イギリス軍のパラシュート部隊が発砲して、一四人の死者を出した「血の日曜日」事件は、北アイルランド紛争を大きく変質させる転換点になる。

北部のカトリック出身のマクギネスにとって、『カルタゴの人々』（一九八八、ピーコック劇場）は、先の傑作『ソンム川に向かって行進するアルスターの息子たちを照覧あれ』とは逆の視点で、プロテスタント・ロイヤリストの劇に対する、カトリック・ナショナリストの劇になる。

しかし、現実の大事件を素材にしながら、惨事のリアリスティックな再現や、シリアスな問題提起を図るのではない。実際、行進する市民も、発砲するイギリス兵も登場せず、事件への直接的言及は、ラストの死者の名前の連禱《とう》だけで、全体は誇張と戯れの寄せ集めの、超現実的でコミカルな悲喜劇である。

事件から何年も経って、「血の日曜日」の犠牲者たちが埋葬されている墓地で、デリーの市民が死者たちの蘇りを願って見守る。奇蹟を待ち続ける七人は、世代も背景もまちまちで、また、犠牲者たちと直接の関わりをもつのでもないが、徐々に過去が明らかにされると、それぞれが挫折の人生に苦しんでいて、事件がもたらした怒りや恐怖や苦悩、喪失感や罪の意識に苛まれている。現実を受け入れられずに、死者の蘇りを待つというファンタジーによって、自らのトラウマから解放されたいと願っている。「血の日曜日」当日に娘をガンで亡くしたメイラ、おそらく子宮切除で子を産めないグレタ、オランダで麻薬と売春に溺れたセアラの三人の女と、元は麻薬常習者の市民運動家ハーク、元教師で死者のために廃物のピラミッドを作る狂気のポール、かつてIRAを当局に密告して口を利かなくなったセフの男三人と、ゲイのダイドーの七人で、「それぞれ個々に自殺を求め、望み、あるいは試みたことがあるが……死から戻っている人々」(作者) であり、「死者の蘇りを待つ外的ドラマが、個人の復活の内的ドラマに対応する」(I・フォリー)。

奇蹟を待つほぼ一週間、七人はクイズやゲームを楽しんだり、卑猥な冗談や映画の話を交わしたり、笑いの気晴らしで支え合い、あるいはヴィジョンを語り、呪文を唱え、救いを述べたりして、それぞれの苦しい体験を免れ、許されたいと願う。

七人の中で最も若く、生気に溢れるダイドーは、イギリス兵の誘惑・堕落を謀ると言いふらすゲイの道化で、「血の日曜日」とも、蘇りを待つファンタジーとも関係のないアウトサイダーであるが、待つ人々に同情して、食べ物や情報をもたらし、同情的、批判的、あるいは滑稽な外の視点で、希望のないドラマを活気づける、「カタルシスへの触媒」（S・P・アンダーソン）である。

特にダイドーの創作・演出で、皆で演じる劇中劇『燃えるバラクラーバ』は、オケイシーの紛争劇などの定型をもじる、騒々しいドタバタ劇で、ドラマ全体を転換させる。デリーのカトリック一家に、プロテスタントの恋人やカトリック神父やイギリス兵が加わり、登場人物の名前はすべてドハティの変形、性別と反対のキャスティングで、ダイドー自身は対立する立場の男女二役を演じる。

パロディとアイロニーによって、北アイルランドの根源にある、政治の矛盾や宗派の固定観念、「血の日曜日」事件をからかう、笑いのインタールードである。風刺と無作法の募る中の無意味な殺し合いで、ダイドー以外はみな殺され、死んだ者が立ち上がってダイドーを撃つ。「本当のことを言って。まさに現実みたいじゃない?」と問いかけるダイドーに、いっせいに「ナンセンス」と答えるパロディ劇である。

しかし「ナンセンスそのもの」の誇張と嘲りの笑いが、悲しみの「サイコドラマ」「集団心理療法」（H・ミカミ）になって、例えばメイラは娘の死を受け入れ、セフは密告の罪を告白するなど、それぞれ「血の日曜日」の悪夢からの癒しを得ていく。

「何が起こった？　何もかも起こった、何も起こらなかった。なんとでも信じたいように」といえる状況で、ポールが「血の日曜日」の犠牲者一人ひとりの名前・年齢・出身地を唱え、墓地を囲む人々が、和解と再生の鎮魂の祈りに転じるクライマックスになる。
「あなた方の上に永久《とわ》の光が輝きますように。安らかに眠りたまえ」と祈るハークに、それぞれが、「日曜日」で唱和する。

ダイドー　死んだ人たちが見える？
グレタ　あなたの側の死んだ人たち。
メイラ　あなたのうしろの死んだ人たち。
セアラ　あなたの前の死んだ人たち。
グレタ　死んだ人たちを許して。
メイラ　死んでいく人たちを許して。
セアラ　生きていく人たちを許して。
ポール　君自身を許して。
ハーク　君自身を許して。
セフ　君自身を許して。

皆が眠るうちに、明かりと鳥の鳴き声が入って朝になり、ダイドーが眠る人々に花を撒いて立ち去る。「血の日曜日」に「わたしたち皆が死んだ」デリーが、「生き残っている。カルタゴは滅されなかった」と、かすかな希望の終幕になる。

「自己認識、自己治療、自己救済の場である墓地での体験を経て」（作者）、「ナショナリスト、伝統的な神話を破って、互いの支えと希望と愛情に基づく、別の神話」（C・マレー）によって、不条理な現実を受け入れ、トラウマが癒され、自分たちが蘇ることになる。ローマ軍に滅ぼされた、北アフリカの都市国家カルタゴの悲劇を、イギリスとアイルランド関係のアナロジーとする作者は、「演劇によって死者を称え、思い起こし、何らかの命を与えるよう懸命に試みた」と力説する。実際『カルタゴの人々』は、北アイルランドの不条理に迫る、凝った創意の野心作である。しかし、墓地での奇蹟のファンタジーや、劇中劇のおどけが、国民的悲劇の圧倒的な重さに有効か、想像を刺激し、考察を迫る手法か、疑問は残る。

7 女性

ドニゴール州のシャツ工場で縫製に従事する女性たちが、第二次世界大戦後の不況と外国製品の流入で、過重なノルマを課され、整理解雇あるいは工場閉鎖をほのめかされて、山猫ストで、工場長のオフィスを占拠して立て籠もる。

マクギネスの第一作『シャツ工場の女たち』（一九八二、ピーコック劇場）は、作者の身辺に示唆され、女性たちへの愛情に満ちた、リアルな女性劇である。「この工場をつぶすつもりか」という工場長の詰問に、「わたしたち自身をつぶしたくないの」と答える抵抗である。ストの具体的成果は不明ながら、最後まで占拠のまま持ち堪える連帯で、最年長のウーナが女たちを代弁する――

負けないことがどんなことか知らない。勝つのがどんなことか。勝つために闘うことがどんなことかさえ知らない。最後の最後まであとへ退かないことがどんなことか知りたいの。わたしは続けるよ。

主題と人物から、生硬なアジプロ劇になりかねないのに、そうならないのは、あけすけなユーモアやウィット、鋭いジョークや風刺に富んだ、女性たちのやりとりによる。疎外されて喘ぐ女たちの生態と内面の苦悩を、おかしく生き生きした人物像と台詞で活写するからである。

独立後のアイルランドは、ナショナリズム政治とカトリック道徳観が、女性の役割、家族の重要性を重視する。男性中心主義の文化風土で、家庭での母親・妻・姉妹であることを祝福するから、女性の純潔と貞節が強調され、女性の個人的権利や経済的自立が制約されやすい。

ジェンダーと性のそうした差別に大きな変化をもたらしたのは、一九六〇年代からの産業の進展、外国文化流入での世俗化、都市の拡大や核家族の普及など、閉鎖的・固定的な生活習慣からの脱皮による。特に近年、隠された性的スキャンダルの暴露や不祥事の反響と、信仰・教会への態度の変化で、女性の姿は変わってきている。

女性や性に関わる項目を若干記すと、次のような点が目立つ——

一九三七——新憲法制定
一九七一——ウーマンリブ運動の動き

一九八三	北アイルランド紛争激化
一九八三	国民投票で人工中絶禁止明文化
一九八六	国民投票で離婚禁止確認
一九九〇	初の女性大統領ロビンソン選出
一九九二	未成年のレイプ問題化
	ゴールウェー司教が父親であるなど、聖職者による性的虐待の暴露
一九九三	同性愛「解禁」
	女子更生施設マグダレーン・ランドリー問題化
一九九五	離婚合法化
二〇一五	国民投票で同性婚合法化
二〇一八	国民投票で中絶賛成多数

その他、カトリック教徒が圧倒的多数を占めるアイルランドで、社会は急速に変貌しているようである。アイルランド人の伽となる、じゃがいも大飢饉による人口激減や、強いられる〈愛情のない結婚〉の陋習も廃れて、離婚率の上昇や結婚年齢の低下などで、若者人口も移入者も急増する。

ディーヴィ『ケイティ・ローチ』

草創期のグレゴリー夫人以来、今日まで女性劇作家が珍しかったアイルランドで、一九三〇年代に活躍したテレサ・ディーヴィ（一八九四―一九六三）は、ほとんど忘れられた作家であったが、当代の因襲に挑む作風から、今日のフェミニズムなどとの関わりで、再評価されてきている。

ディーヴィが特に関心を示す主題は、過渡期の感じやすい若い女性の結婚――結婚の憧れと現実とのギャップや、男性支配との衝突に揺れる姿で、その代表作が『ケイティ・ローチ』（一九三六、アベイ劇場）である。

独立後、ナショナリズムとカトリシズムが支配する、保守的抑圧的な一九三〇年代。妻と母としての女性の家庭的役割を強調する新憲法と、じゃがいも大飢饉以来の結婚率の低い社会状況で、男性上位の差別や疎外感に直面する女性が、自立心や主体性に悩み、その果てに、反発と抵抗に走るのは不可避である。結婚か尼僧か独身か、選択肢が限られる中で、田舎暮らしの娘ケイティは、妥協の結婚に適応できない、当時の因襲に挑む女性の証人である。

村の女アミーリアの小間使いケイティは、未婚の母は亡くなり、父は不詳の、一九歳の孤児である。不遇で貧しい生活に、若い娘の生気と気むずかしさが重なり、自立の悩みから、尼僧院へ入って「魂を救う」ことも考える。

折も折、アミーリアの弟スタンから急に求婚される。ケイティの母に恋をした中年の建築家で、事実上の雇い主であるが、ボーイフレンドの若者マイケルより、富と安定をもたらすスタンとの結婚の方が魅力的に思えるのは、ケイティの境遇から自然ともいえる。

しかし予想されるように、「体」を無視して「心と頭」だけを求められる結婚は、ケイティには満足できない。温かみの欠けるスタンは、ダブリンでの仕事で不在がちである。「子供」呼ばわりされ、共寝も滅多にないらしいケイティは、感情的にも性的にもフラストレーションを抱える。

若さの魅力と軽薄さを併せもつケイティは、妻に期待される家庭的受動的態度を甘受できず、母親になりたいとは全く思わない。夫との年齢差と身分違い、そして社会通念への抵抗から、名ばかりの結婚生活は抑圧となり、自我も肉体ももつ若妻のロマンティックな不満が第二幕で強調される。互いに惹かれるマイケルとの関係は、結婚後も続けながらも、火遊びレベルで、付き合いを密告されて、スタンやアミーリアの気持を害するだけでなく、放浪の巡礼者ルーベンには折檻される。実は屋敷の放蕩息子で、妻子もちだったルーベンは、ケイティの実父だと明かされる、メロドラマ的エピソードが挟まれる。

そして八カ月後の八月、相変らず義務と服従を求められるケイティは、男性支配の通念に従うスタンの二姉妹——独身のアミーリアと愛情のない結婚のマーガレットと違って、その圧力にめげない意志と欲求をもちながら、最後には突然、抵抗とも解放とも異なる妥協で、夫への愛の不変を表明し、二人でのダブリンへの、さらに海外への移住に応じる。

スタンから「新たなスタート」を告げられ、「激しくキスされる」ケイティは、家を離れることに当惑し、「両手で顔を覆って、啜り泣き」しながら、アミーリアに「勇気を出して」と励まされて、「（大喜びで）勇気を出すわ」と約束し、「わたし何かすてきなことをしようと探していたの――今やっと見つけた」と、夫に尽くす宣言をして、笑顔で出立する。

結婚に失敗の諦めか、衝動的な変心か、妻の責務の自覚か、それとも禁欲的な自己犠牲か――決定しがたい曖昧な結末は、今日のフェミニズムの観点からでなくても問題となる、矛盾した複雑な転向である。ジェンダーのダブル・スタンダードで、服従の圧力に晒されるケイティの不安定な心理は、いわゆる〈愛情によらない結婚〉が広く行われた時代、また性は曖昧にするしかない時代の限界を示唆する、リアルな結末であろうか。

社会的コンテクストでのジレンマであっても、ヒロインの自立願望と周囲への妥協には、作者の生活と見解の反映があると考えられる。ディーヴィは自らも、多くの兄弟姉妹も、誰ひとり結婚せず、また男女の愛情関係、特に結婚はスムーズに進むものではなく、失望と忍耐に終わるという基本的見解をもっていたようである。

ディーヴィが若くして、耳が全く聞こえなくなってから劇作に向かったことが関係するのか、「台詞の生気に自信を欠く作家の過剰な埋め合わせ」（C・リーニー）か、沈黙や間を含め、衝動的な動作や感情の飛躍を指示するト書が多い。

「長く耐えて」「深く疑う様子で」「ほとんど快活に」など、複雑で曖昧な感情のト書は、「矛盾の絶え間ない変化で、筋の通らない人物」（R・ホーガン）と評されるほど、ヒロインの心境を交々に示す。しかしそれは作者の意図であり、「おそらくケイティの最も著しい点は、ある種の内的輝きで、それを常に抑えようとしながら、状況によって、急に喜んだり絶望したりする」とト書で指示している。

再演の演出家も、「ト書だけで、作者の創作の落ち着かない感情的犠牲を示す。ディーヴィにとって演劇は、知的作業であるよりも、感情の様相を正確に表現する努力であった」（J・フリール）と考える。だから台詞や仕草より、ト書が目立つ『ケイティ・ローチ』は、上演よりも、戯曲を読まなければならないかもしれないが、「主人公が明確に表現できない欲求ではあるが、十分に感じている」（R・リチャーズ）ことを示唆するのだろう。

最後が月並みな結末か、アイロニックな悲喜劇か、それともオープン・エンドの心理劇か、活気のある若い女性が、幻想を捨てて現実を受け入れようとする、選択と決断に向かう姿を描く、裏返せば、「不決断そのものを劇化する」（E・ウォルシュ）先駆的な佳作である。

キーン『ビッグ・マギー』

アマチュア劇団あるいは一般観客には常に歓迎される一方、批評家や芝居通には軽視されがちな、J・B・キーン（一九二八―二〇〇二）は、基本的にはリアリスティックな現代作家であるが、現代劇としてはやや古臭い芝居の世界、センチメンタルなメロドラマの印象を与える。ニュアンスやアイロニーを必須としない、モラリティとエンターテインメントのドラマである。

扱うのは二〇世紀半ばのアイルランドの農民や小市民で、〈隠れたアイルランド〉をローカルカラーの素朴さと喜劇性で、率直に力強く描く。自ら長年住み慣れて熟知するアイルランド西部の、近代化に遅れる、型にはまった生活様式や、特異な人物の生態や言動である。アイルランド演劇伝統の、田舎や村民の生活、土地や移民や結婚の現実をテーマにして、率直な観察と批判を表現する。

「現代生活と伝統的慣習の分裂から生じる道徳的ジレンマが、キーンの社会批評の核をなす」（M・H・キーリー）といえるが、そうした背景で女性の視点と立場から、愛と性、欲望や暴力を、グロテスクに扱い、その歪みが時には人を狂気や、家庭の破壊に導くことを扱う作家でもある。

『ビッグ・マギー』（一九六九、コーク・オペラハウス）は、性のフラストレーションで、子供の支配にデモーニアックな母親マギーの強烈な個性のドラマである。

開幕冒頭、夫の埋葬で黒衣のマギーは悲しみを見せるどころか、経済的にも性的にも夫からの解放を喜び、未亡人に期待される役割も慣例も無視する。憎悪の念も露に、墓石の値段も着手も取り引し、墓地でいがみ合う子供たちを指図し、土地や財産を継ぐ希望を砕く。酒と女のために夫が怠った家業の店と農業を、自ら支配しようとする。

母親とは世代のギャップを示す四人の子供のうち、長男モーリスは、父の遺産はないと母におそらく偽られて、持参金のない貧しい村娘との結婚を認めてもらえず、一年後に、未婚のままで妊娠させた村娘と、イギリスに渡ろうとする。農地を継がれない次男ミックは、母のもとで十分な期間働いたあとでしか結婚できないため、早々に家を出て、イングランドに行ってしまう。

父の愛娘だった長女ケイティは、既婚者とのホテルでの密会を母に気付かれ、妊娠の汚名を恐れる母の支配を免れるためには、ただ財産があるだけの農夫との愛情のない結婚を甘受するしかない。そして次女ガートは、「女たらし」のセールスマンとデートを約束した直後、母がその男を誘惑する現場を目撃して、男との関係は破綻に追いこまれ、イギリスのミックに合流する。

それぞれの恋や結婚の悪条件や恥辱から救おうとする、子供たちに対するマギーの言動は冷酷で、「わたしに対する愛情はあるの」とケイティが尋ねるのももっともである。マギーは「心配しての厳しさ」と言い逃れるが、若い世代の利己的な動機を見破り、新しい価値観に無理解な母であることは明らかで、最後には独り取り残される。

仕事の獲得と愛の成就を求める子供たちが、こうした母の支配を免れ、自立しようとするのは自然だが、ドラマの展開につれてマギーの過去を知らされていくと、「心配しての厳しさ」が奇矯というより、マギー自身の結婚の失敗と周囲の状況の変化から、むしろ同情すべき事情があることもわかってくる。マギーは経済的安定のために、選択の余地がない結婚をし、酒と女に溺れる「種馬」とのあいだに四人の子供を産んではいるが、長年セックスを拒み、愛情のない失敗の結婚だった。

だから子供たちが自分と同じ道を辿るのを防ぎ、独り立ちへのレッスンとして、「わたしはあんたたちみんなに愛情をもっている。だからあんたたちの勝手にさせないのよ」と言うマギーの口実は嘘ではないが、自らの結婚の失敗、その不満と怒りから、自己解放のエネルギーが強烈な女性像である。

キーンは愛と性をめぐる女性の苦境を同情をもって描く。世論の変化や教会の弛緩で、女性を取り巻く環境は改善しているとはいえ、特に田舎の狭い道徳観、保守的な農村での慣習の縛りはまだ根強い。

マギーは社会や教会の「鎖」に反発しながら、子供たちには逆に専制的であることに気付かない。孤独と欲求不満に根ざす母性の変形が、物欲や土地と合わさって、解放にも反動にもなる。「プライドと無知と宗教！　これがわたしの鎖」と頑なになるマギーである。

「世間」の「仕きたり」に反発するマギーの視点は鋭いが、土地や財産を強調すると、かえって女性の愛と性が後退し、正論の荒療治が身勝手な抑圧に変わって、誇張のグロテスクな戯画になってしまう。家族にも社会にも見放されながら、「わたしは長いあいだ参っていたけど、今は立ち直った。独りだって、わたしは自由の身」と、しつこく言い寄る墓石屋を撥ねつける終幕になる。

キーンは後年、再演（一九八八、アベイ劇場）に際して、ラストを書き直し、夫と教会への痛烈な反発を客席に語るモノローグを加筆する――

知ってる？　あの人はわたしの裸を一度も見たことがないの。白く輝いて震える、全身傷一つないわたしを見たことがないの。あの人にはわたしは凍った湖のように冷たく寒く思えたに違いない。わたしの育ち、わたしの信仰、敬虔な信仰で、どうしてわたしの氷が解ける？

「女嫌い文化のアイルランド家庭の機能不全に対する、怒りの激しい非難」（L・シーン）を、観客に直接ぶつける幕引きには、当然賛否が喧しいが、時代の変遷に合うプロテストで人気を呼んだらしい。〈母なるアイルランド〉の現代版マギーは、これまで支配的イメージであった、女性の感傷や犠牲とは遠い、また独立アイルランドが強調した、母と妻としての役割とは違う、力強い女性像である。

女性を抑えてきたアイルランド人の意識が、社会と道徳観の変化で大きく変わってきている現状で、キーンのジェンダーとセックスをめぐる作品、特に率直に荒々しく描く『ビッグ・マギー』は、稀有なヒロイン像で今日性をもちうる代表作である。

キルロイ『コンスタンス・ワイルドの秘密の転落』

オスカー・ワイルドのスキャンダラスな同性愛裁判を背景にもつ『コンスタンス・ワイルドの秘密の転落』（一九九七、アベイ劇場）は、オスカーと妻コンスタンスと、オスカーの愛人ダグラス卿の「恋の三角関係」を扱うが、有名なオスカー本人より、美貌と知性と情熱の妻コンスタンスに焦点を合わせる。

ほとんど男性を主人公にして「自己と社会」のテーマを追究してきたトマス・キルロイが、男性社会の道徳律に縛られて差別される、女性の立場と悲劇に力点を置き、オスカーの公然たるスキャンダルに、コンスタンスの「秘密の転落」を対置する。オスカー評伝でほとんど無視されるコンスタンスに、キルロイは典拠にはない「秘密」を与えて、ドラマを組み立てる。
オスカーの父サー・ウィリアム・ワイルドの女たらし、ダグラス卿の父クイーンズベリー卿の中傷癖はよく知られているが、コンスタンスには、父親による幼時の凌辱の「秘密」を与え、三人とも「強力で巧みに操る父親によるトラウマの遺産と、時代を支配する社会の掟とイデオロギー」（A・マクマラン）と戦っているという趣向を用いる。「秘密の転落」のフィクション化について作者は弁明している――

歴史劇を書くのに重要なことは、記録の空白を探ることとです。……父によるコンスタンスの転落については、それを実証する記録は十分にあると思います。記録で完全に明らかにされているわけではないけれども、ほのめかされています。

代表作『真面目が肝心』初演の一八九五年、作者オスカーが当時犯罪であった同性愛の嫌疑で懲役二年の判決の直前、コンスタンスが家の階段から「転落」して、脊椎を痛める。それが事故か自殺の企てかわからないところに、作者はオスカー「失墜」の悲劇を重ねるだけでなく、コンスタンスに「秘密の転落」を想定する。ヴィクトリア朝イングランドの「父親の利己的な非人間性の重荷」（R・ウェルチ）、性の乱れによる父娘関係で、「恋の三角関係」を補強し統一する、巧みな着想である。
わいせつ判決でオスカーの「打ちのめされた」苦しみを共有して、夫の多面性に気付くコンスタンスは、自らの「秘密の転落」を意識し直して、気持ちが夫に近づく。物見高い世間には、辱められた妻、献身的な母のイメージで自己を守りながらも、賢明なコンスタンスはそれが夫と社会から押し付けられた役で、「おべっか」に身を隠し、自己を偽っていたにすぎないことを覚る。

理解してもらわねばならないのは、わたしたち女性は生まれた時から、隠すように教えこまれるの。そうしないと男の人は今のように振舞えないでしょう。それがいわゆる社会よ。

こうして「女性と社会」の関係を理解する中で、知的で勇気もあるコンスタンスが、「自己に直面する」「自己を取り戻す」ドラマになる。ヴィクトリア朝演劇の〈過去をもつ女〉の束縛と解放を、批判し風刺するワイルド喜劇の主題と手法に精通するキルロイが、社会の道徳律からのコンスタンスの救いを扱う劇である。

ただし「秘密の転落」は、途中でヒントを与えながら、その暴露はラストになってからで、ドラマは二人の最期の日々から始まる、一種の回想劇になる。オスカーは獄中生活に打ちのめされ、コンスタンスは「転落」による麻痺で、死期の迫る二人が、タブーの性の「秘密」に直面するには、「まず演じきらないと」と「秘密の旅」を始める。

最初の出会いと結婚に戻り、「恋の三角関係」を経て、コンスタンスの死までの出来事を、年代を追って追体験する。「演じる」オスカーと「リアリスト」コンスタンスの「二つの異なる世界観の設定」（T・ドュポスト）による対立と議論で、コンスタンスは自らの「転落」の認識に導かれる。ドラマは演劇の約束事とトリックを大胆に扱う、ラジカルな非リアリズム劇になる。

暗闇の舞台。暗闇から無言で出る付き人たち……ヴィクトリア朝紳士と、ストリート・パフォーマー、裏方、人形遣い、衣裳係、ウェイターと運命の女神の混成。

暗闇から付き人四人、大きな白いディスクを転がす。明るいスポット下の舞台前方、サーカスのリングのような演技スペース。

オスカーとコンスタンスを補佐する、「性別も顔もない白い仮面」の六人の人形遣いによる演劇的虚構は、実像と人形、権威と内面、支配と無力のテーマに対応する様式性であり、冒頭から「芝居」か「現実」かで争う二人のアイデンティティと関わる。

様式化で最も特徴をなすのは、日本の文楽の影響を示す人形遣いの使用で、「ある程度運命の操り人形だった三人」の「秘密」を扱うため、仮面の着脱が重要になる。しかし「恋の三角関係」の当事者三人は仮面を使わず、無力な二人の息子を小さな白い操り人形で表し、抑圧的なコンスタンスの父親やワイルド裁判の判事は、ヴィクトリア朝の巨大像で登場させる。

『コンスタンス・ワイルドの秘密の転落』は、シアトリカルなキルロイ劇の一つの到達点であり、「実人生と劇場における役割演技《ロールプレー》の対立に関する見事な思索である」（A・ローチ）。演劇的虚構性を不可欠として、今日のジェンダーと性にも関わる、優れた現代劇である。

カー『ザ・メイ』

今日のアイルランド演劇でも少数の女性劇作家の中で、抜群の高い評価を得るマリーナ・カー（一九六四―）は、女性の肉体的、精神的生き様、特に結婚や母性による不安定な家族関係を、女性の視点に力点を置いて問う。

代表作の一つ『ザ・メイ』（一九九四、ピーコック劇場）は、四世代の母系家族を、主人公ザ・メイ（姓に付く「ザ」は、ふつう一族の長の男性への敬称）を中心に、その娘ミリーが観客への語りで伝える回想劇である。

数十年前に海難で亡くした「九本指の漁師」との愛を、今でも熱く語る祖母（一〇〇歳）。その三人の娘――お節介焼きの未亡人ジュリー（七五）と独身のアグネス（六一）と、医学生で妊娠して結婚を強要され、三人の娘を生んで死んだ末娘エレン（登場しない）。エレンの三人の娘メイ（四〇）とコニー（三八）とベック（三七）。そしてメイの四人の子供のうちミリー（一六と三〇）だけ登場する。

代々の母娘関係のエピソードで語られる、女性の愛と性、束縛と自由は、平凡な恋愛や結婚よりも問題を抱え、まともに機能しない家系になるのは避けられない。男に取りつかれる女系一族の中心にいる祖母は、「生まれて、セックスして、そして死ぬ」、「この世には二種類の人がいる。子供を第一にする者と、愛を第一にする者」と言い放ち、異国風の出生やアヘン常用など、グロテスクな、しかし生き生きした女性である。

「それぞれの世代がアイルランド女性史の異なる時期を反映し」——

母系関係に焦点を合わせて、『ザ・メイ』は、この一〇〇年間にアイルランド共和国の歴史的・文化的進展が、いかにアイルランド女性の体験を形作ってきたかを指摘する。（M・トロッター）

その制約を受けたり、反抗したりで、リアリティとバラエティを示す母系家族の中で、祖母の血を継ぎ、養育を受けた、多彩な顔触れを代表するのは孫娘メイで、祖母の影響を語って、妹たちに「救いがたいロマンチスト」とからかわれるが、実際には従属的、犠牲的な姿を見せ、「自分ではそのつもりはないのに、一つひとつ、人生の美しいものを手放さなければならなくなる」と覚っていく。

メイで最も重要なことは、夫ロバート（四二）との関わりで、四人の子供がいるが、チェリストで作曲家の夫は、急に家を出て五年、便りはなく、音楽活動か何かも不明で、メイは悩みながらもひたすら待つしかない。

しかしメイは、そのあいだを無為に過ごした弱い女ではない。むしろ夫を迎え入れる家を建てるために粉骨砕身の奮闘をする。入手が困難なアウル湖畔に自宅を建てる夢の実現のため、土地の購入から苦労続きで、校長をしながら、夏休みはロンドンで美容院の掃除婦をして、やっと自慢の家を持つ。

待ちに待ったロバートが、五年ぶりに、チェロを抱えて新居に帰ってくる。メイを絃で弄ぶ開幕から、相変らず部屋に籠って弾いている。近隣に出かけると、土地の女と戯れの恋仲となり、それを目撃しながら、メイにはどうにもならない。夫の身勝手と不実が悲劇の前触れとなり、限界のメイは湖に身を投げる。

『ザ・メイ』は、新築祝いと祖母の一〇〇歳記念で一族が集まる第一幕と、一年後のメイの誕生日の祝いに再会する第二幕を、話を前後させて二幕劇にする。

メイを主人公に、ロバートの帰郷による夫婦の会話で開幕しながら、娘ミリーが通しで舞台にいて、すぐミリーの語りに転換する。一族の記憶を引き継ぎ、父母の関係の成り行きを見知る一六歳の視点と、母の死後ニューヨークに渡り、未婚で一子を産むシングルマザーとして振り返る三〇歳の現在の視点と重ねる。

しかし、家族たちと交わる中で見知る、さまざまなエピソードを紹介し、コメントや解釈を加えながらも、ミリーはすべてを知る客観的な語り手ではない。ミリーの視点で統一されても、ミリーが理解する限りでの四代の物語である。

集まる女系一族の唯一の男性ロバートが、女たちから弾き出される孤立した存在で、ミリーは父の内面に触れることができない。だからロバートは精彩を欠き、物足りない人物造型になる。

作者はその限界を破る手法も示す。一つはカー劇の特徴となる時間の逆転で、第一幕の最後を、ミリーがアウル湖の伝説を語ると同時に、ロバートがメイの溺死体を抱えて立つ姿で幕にし、第二幕の最後、メイの自殺直前の述懐で終幕にする。

ミリー、決して誰にも理解できないでしょう、あなたも、家族も、ロバートさえも、決して誰もわからないでしょう。ロバートが全く完全にわたしの人で、わたしがあの人のものだって、誰も――こんな状態を続けるなんて、わたしにはプライドも品位もないって、みんな考えるでしょうが、あの人なしでやっていけるなんて、わたしには一つも理由が思いつかないの。

結局メイの投身の理由はそれ以上は不明で、伝承に似通う形で暗示されるのみである。

カーは「抒情的傾向をもつストーリーテラーで、その作品は詩と語りの性質を併せもつ」（エリス・ニーブネ）。神話や伝承の活用は、カーが愛用する手法の一つで、メイが理想の家を建てるアウル湖畔は、悲劇的なケルト伝承――魔女に恋人を奪われた女神が、涙の湖で溺死するロマンスを秘める。メイの運命とダブり、両親の平凡な不和話に終わらせない役割を果たす。開幕冒頭にも終幕にも「白鳥と雁の音」が聞こえ、アウル湖畔の伝承が語られて、土地の精神風土が現実風景を強く支え、生者と死者が共存し、登場人物の現在と語りの過去が競う二重性をもつ。

『ザ・メイ』に続く『ポーシャ・コフラン』も『猫の沼の辺で』も、似た構造で女性を捉え、笑いもあるが、ヒロインたちを自死で終わらせる暗い悲劇群である。

8 マイノリティ

アイルランドで同性愛が「解禁」されたのは一九九三年であるが、フランク・マクギネスは当初から、多くの作品にさまざまな同性愛者を登場させてきた。その中に、かつてはアベイ劇場と拮抗したダブリンのゲイト劇場の創始者で、アイルランド演劇に大きな足跡を残し、また、世間周知のゲイのカップルでもあった、ヒルトン・エドワーズとミホール・マクリモアをモデルとする『黄金の扉』（二〇〇二、ゲイト劇場）がある。

半世紀にわたるパートナー関係の果てに、病と死に直面する、最晩年の男性カップルの微妙な心理の悲喜劇を、最小限のプロットと演劇人のリアリティで展開する、中篇の佳作である。有名な演劇人をモデルにし、作者自身のパートナーシップの反映とで、二重の伝記性をもつ作品であるが、暴露の伝記でも告白の自伝でもない。二人が演劇人であることは必ずしも重要でなく、また同性の「結婚」が異性愛と変わらない愛情関係を見せて、生き生きした人物創造である。

ドラマの最後、臨終の場で、コンラッドがガブリエルを抱いて、二人の愛情と痛みを要約する――

二人の男が出会った。結婚した。長く続いた。それから一人が死にかけ、もう一人はなるに任せた。このよい男、偉い男を両腕で抱いた。二人は傷つけ、誰も堪えられないほど互いを憎むことができたが、一生の愛情を終わらせたくなかったからだ。彼は「一緒にいてくれ、従ってくれ」と言ったが、愛は従順ではない。あらゆる困難と戦わねばならず、それでこそ続くからだ。

「結婚の祝福」の「おやすみの話」のあと「戸を開けてくれ、扉を開けてくれ、黄金の扉を」と頼むガブリエルの最後の台詞と、二人のキスで幕を閉じる。

ゲイのパートナーシップを微妙なおかしさと痛ましさで描く『黄金の扉』は、「マクギネスの感情的に最も成熟した劇と見なされるかもしれない」（E・ジョーダン）。

性的マイノリティだけでなく、アイルランドにもさまざまのマイノリティ、アウトサイダーへの偏見や差別、冷遇や排除が見られる。

かつては鋳掛屋とか浮浪者と蔑まれ、農村社会の周辺で移動する集団や個人がいた。保護を受けながらも、いかがわしいとされる生活ぶりで、恐れられ、トラブルにもなる。移民や帰還で多国籍、多文化が混在して、人種問題や国際情勢を反映する、差別意識が生じることもある。その他、宗教や仕事や貧富などで、社会のミスフィット、少数派にされる人々が存在することも避けられない。しかし、それらマイノリティに注目し、異なる視点、別の価値観から評価することもある。

アイルランド演劇に限られることではないが、小さな国と国民が、優れた作家と作品を生み続けることには、そうしたマイノリティへの視点の複合が関係していると考えられる。イェイツ、シング、オケイシー、ビーアンと列挙する時、あるいは『ゴドーを待ちながら』『ルーナサの踊り』『バリャガンガーラ』『私を見守ってくれる人』などに接する時、マイノリティやアウトサイダーが強い印象を与える。

シング『鋳掛屋の婚礼』

婚姻の儀式を断る神父を、鋳掛屋が女房と母親と一緒になって、袋叩きにして逃げる結末の『鋳掛屋の婚礼』（一九〇七、出版）は、イェイツらから「あまりに不道徳、反教権的」と危険視され、J・M・シング自身も「いい戯曲だと思うが、印刷されるとひどくショッキングに見える」と認めて、作者の存命中にはアイルランドで上演されなかった。短命で、短い創作期間の大部分を通して書き直した二幕の喜劇で、シング唯一の失敗作という定評であるが、再評価もなされている。

完成したシング劇五篇のうち、アラン島滞在で題材やヒントを得ていないで、散文集『ウィックローにて』にある、鋳掛屋の結婚話を、直接創作の契機と骨組にしている。しかし、他の喜劇と同じように、シングは元の話の視点をひっくり返し、アイロニーに満ちた喜劇にしている。

鋳掛屋は、土着ながら無法なはみだし者として嫌われ、敵視されるアウトローであった。放浪の集団生活をして、農民社会の周辺で、季節労働者や鍛冶職人などとして交渉はあっても、粗野で野蛮と蔑まれ恐れられるマイノリティであった。だから「鋳掛屋」は今は「ジプシー」や「エスキモー」のような差別語、侮辱語とされ、「トラベラー」と表現される。

シング独特の「自由のエクスタシー」を体現する『鋳掛屋の婚礼』の一家も、因襲社会とは相容れない。ところが、元来自足して、スノッブ的な形式主義とは無縁なはずの自然人サラが、春になり、月が変わって、「まともな結婚」をして、「汚らわしい呼び名」を避けたいと、鋳掛屋の女らしからぬ了見を抱く。長年連れ添い、子供もいながら、内縁関係を清算して、正式な結婚を企むサラは、訝るマイケルとその母親メアリーにめげずに、神父と交渉し、不足の金額にブリキ缶を付け足す約束で、挙式にもっていく。

差別される鋳掛屋一家と狭量な神父の対立の激しさは、第二幕後半で決定的になる。条件の缶ではなく、空の酒びんが転がり出て、驚き呆れる神父は、鋳掛屋との関わりを悔いる。母親の仕業とにらむサラは、びんを手にメアリーを追う。神父が警官や司直に、数々の盗みや悪事を告げると脅すと、逆に三人が組んで、「缶を入れていた袋で神父に猿轡をかませて縛る」。神父を「沼地に突っこもう」とするサラとマイケルをメアリーが止める。密告しない約束で解放される神父の「大声のラテン語の呪い」で、一家はいっせいに逃げ出す。

無軌道な暴力は、夢が破れたサラの挫折の反動であるが、『鋳掛屋の婚礼』は最初から、サラの結婚の動機というドラマの根幹に無理がある。「五月の動き」あるいは月の変化による気紛れとしか言いようのない形で、気の進まないマイケルを強引に従わせ、嘲笑するメアリーの裏をかき、けげんな面持の神父を口説き落として、「まともな結婚」の手筈を整える。そしてメアリーに欺かれて失敗すると、マイケルと一緒に暴力を振るう。

自己の世界に違和感を抱くのでも、孤独の意識に苛まれるのでもないのに、「まともな結婚」という体面を気にするサラには、他のシング劇を支える、感情の凝縮や想像力の飛翔がなく、緊張感や自己発見に欠ける。シングにとっては、元々社会的因襲や道徳的規範から解放されているサラが、差別の屈辱に堪えられないで、本来の生活の価値を認め、あっさり元の生活に戻る。だから激しさの原動力が単純で弱い。

シングがよく知らない鋳掛屋を扱い、またプロテスタント作家が反カトリック感情を露骨に出すから、失敗したという説明もあるが、逆に、「悪魔の罪人」の鋳掛屋一家と「けちな老いぼれ」の神父という図式的簡明さのため、シングで最も楽天的で陽気な喜劇ともいえる。

シング喜劇のいずれにも「まともな結婚」に対する風刺や攻撃があり、それが中産階級の観客に受けなかった理由の一つと考えられる。『鋳掛屋の婚礼』も結婚をめぐって根本的に対立する二つの立場を嚙み合わせる。

原話にない、シング的アウトサイダーのメアリーは、シングの創造で、若い二人に、金を払って「一種の鎖」をはめる、挙式の無意味さ、「立派なキリスト教徒」になろうとする愚かさを説き聞かせる、「邪教の婆さん」である。

老いと孤独を自覚しながら、サラの気紛れも神父の不満も許容する余裕を示すメアリーは、酔うことで、アウトサイダーの自由を生きる本性をいっそう発揮して、作者の創造の喜びが伝わる人物になる。

わしらにちっとも遠慮はいらねえよ、神父さま。……かわいそうにみんな罪人だからね。さあ、これを呑み干しな。審判の日まで一言だって、このことは洩らさねえから。

神父はメアリーの差し出す酒を呑み、タバコをふかし、溜息を吐きながら、自分の「辛い生活」の愚痴をこぼす――「舌が乾いてもミサを唱え、東西を駆け回って病人を見舞い、田舎の人が懺悔するのも聞かにゃならん」。僧衣が隠す素顔の人間的魅力というより、聖職者の一線を越えた冒瀆的な姿で、「異教徒」鋳掛屋と対極の「キリスト教徒」という、ドラマの中の役割としては、精神性を欠く。

しかし『鋳掛屋の婚礼』は、シング劇としては不満足な出来であっても、「自由のエクスタシー」対「寄生的考え」（ともに第一作『月が沈んだ時』のモチーフ）のテーマ、活気に満ちた魅力的な人物創造、生き生きした台詞、それに痛烈な風刺を考慮するなら、シング劇の範疇に入る。

「アイルランドの大部分では、鋳掛屋から聖職者まで、国民全体が豊かで暖かくユーモラスな生活と人生観をまだ失っていない」と序文で弁じる作者が、その両極を接触させて、どう転じるかわからない不安定さの喜劇で、人間と社会の「現実と喜び」というシングの意図を実現している。

フリール『上流階級』

ブライアン・フリールの『上流階級』（一九七九、アベイ劇場）は、アイルランドの名家とその屋敷の衰亡を扱う佳作である。何世紀もイギリスの殖民地であったアイルランドの歴史に由来する、豊かなプロテスタント大地主のビッグ・ハウスと、貧しいカトリック小作人の小屋という社会構図で、「情熱もなく、忠誠心もなく、責任感もない」カトリック名門のオドンネル家は、「プロテスタント上流階級からは無視され、生粋のアイルランド人からは孤立して」、二重の意味でマイノリティである。

斜陽の「上流階級」は、貴族のすぐ下のジェントリーであり、上流階級、貴族を表す『アリストクラッツ』という原題は、アイロニックな響きを伴う。もと地方判事オドンネルのバリベーグ・ホールは、丘の頂からバリベーグ村を見下ろす豪邸であるが、「時の傾き」で、屋根は雨漏り、床は腐った館であり、卒中の当主は寝たきりで、垂れ流しの痴呆老人になっている。カトリック「上流階級」の没落を、オドンネル一族の凋落で捉えるドラマである。

一九七〇年代半ばの夏、末娘クレアの結婚式のために、離れ離れの子女たちが久し振りに再会する。長女ジュディスは、父の介護と館の世話に明け暮れる中年女。三女アリスは、屋敷の女中を長年務めた老女の孫エイモンと結婚したアル中である。一人息子カシミアは、代々の法曹界に進めないで、ドイツ人妻に養われ、三人の子守りもする、ソーセージ工場のパートタイマー。音楽の道を父に閉ざされた四女クレアの結婚相手は、四人の子持ちの初老の青果商人である。次女アンナは父のお気に入りであるが、二〇年前に修道尼としてアフリカ布教に渡ったままである。

二階の病床の当主は、スピーカーを通す声が聞こえるだけだが、一度だけ、第二幕の終わりに、季節外れのアンナのクリスマス・メッセージに導かれて、パジャマの乱れた、「グロテスクで恐ろしい姿」を見せる。オドンネルは興奮の発作で亡くなり、予定の結婚式が急遽葬儀に変更の皮肉となる。権勢を振るう父親と違って、もと旅芸人で美貌の母親は、その音楽と踊りの才能を、厳格な夫に毛嫌いされ、埋葬の状況から、自殺したらしい。

もう一人、アメリカ人学者トムが屋敷に滞在していて、「ローマ・カトリックの屋敷の生活と生活様式」を調査している——

私の従事する仕事は、それがプロテスタント支配階級と土地の農民の伝統に及ぼした、政治・文化・経済上の影響を調べることです。この一五〇年間、実際カトリック解放以来、信仰を同じくする者の地位のために、どんな政治権力を振るったか、どんな経済的貢献をしたか、地元の百姓にどんな文化的影響を与えたかです。

しかし、質問・観察・調査で、手掛りを観客にも提供する役のトムの仕事は、エイモンには「偽の命題」と否定され、アリスにも「あなたが聞いているのはみんな嘘ばかり」と警告される。

階級と宗教の違いで板挟みの体験をしてきたオドンネル家の人々にとっては、必ずしも客観性が大事ではなく、カシミアがトムに語る古き良き栄光の思い出は、確認される記録との食い違いから、「いかさまのフィクションの本当らしい響き」にすぎなくなる。

「四代にわたるアイルランドのカトリック法曹界の名門」の最終段階であることをトムに語るのは、外部から一員になって、現実を認めながら愛着も捨てられないエイモンで、「ロマンティックなフィクションにすべきだ」と、皮肉をこめてトムに「家族の一代記」を書くことを勧める。

『バリベーグ・ホール――最高裁判所からソーセージ工場まで』というゴシック小説の大ヒット作だ。……そしてもちろんオドンネルの祖先のそれぞれに一章をさく。曽祖父―最高裁主席判事、祖父―巡回裁判所判事、父―並みの地方判事、カシミア―事務弁護士なりそこね。かなり速い落下だけど、なんでもない、どうでもよい。本にはいいんだ、成功より失敗の方が好まれる。あのね、先生、時々考えるんですよ、もしわたしたちに子供がいたとして、一族伝統の法曹界の一員になりたいと思ったら、唯一開かれた道は犯罪人だったろうとね。

父親の死と屋敷の零落に、戸惑いと解放感、失望とノスタルジアの混じる反応を示す遺族は、現実を受け入れて、自らの立場と身の振り方を再考し、新たな出発を決断しなければならなくなる。これまでの父親の権威と旧家の孤立を否定し、屋敷を売り払う決心をして、新たな環境での生き残りへの苦闘の始まりとなる。

北アイルランドの公民権運動への参加と非嫡出子の出産で、父から「ひどい裏切者」扱いをされてきたジュディスは、皆に現実の直視を説き、わが子を孤児院から引き取る。同じく公民権運動に加わって、外務省を免職となったエイモンは、何年ぶりかで口を利く叔父ジョージを、アリスと共にロンドンでの同居に誘う。

ゲイらしいカシミアは、本当に妻子がいるのかと疑われながらも、言葉の通じない子供の世話にドイツに戻る。

こうしてそれぞれが再生の苦悩を抱えながらも一歩を踏み出す。伝統からの「解放感」から「新生」の「可能性」への覚醒である。

「アイルランドのチェーホフ」と称されるフリールの劇作の中で、『上流階級』は最もチェーホフ的である。チェーホフ劇のリアリズムとリリシズム、笑いとペーソス、ユーモアとアイロニーなど、矛盾する要素が併存する悲喜劇である。一族の屋敷での再会と離散の構成、斜陽の人物たちのけだるい雰囲気や取りとめのない会話、時代と社会の変貌への対応なども、チェーホフ劇に通じる。

アイルランド特有のカトリック上流階級というマイノリティを素材とするが、それはまた、ヨーロッパ近代劇の巨匠たちが取り組んだ類似のテーマの継承でもある。

キルロイ『ローチ氏の死と復活』

「自己と社会」の主題を、演劇的な技巧を凝らして展開するトマス・キルロイの実験性、視覚的効果を考えると、ゲイを扱う出世作『ローチ氏の死と復活』（一九六八、オリンピア劇場）は、コンヴェンショナルなリアリズムの劇であるが、タイトルが示唆するように、疑似キリスト復活劇の様相をもつ。場面は「ダブリン、ジョージ王朝風の建物の地階のアパート部屋」、時は「現代の土曜夜と日曜早朝」、登場人物はパブの常連たち。

三〇代の男たち数人が、閉店のあと、ケリーの部屋に移動して、女気なしで、酒と談笑の週末を過ごす。一九六〇年代後半、経済と社会の変革期で、活路を求めて貧しい地方を離れ、進学し、首都で働きながら自由な生活を送る、下層中流のホワイトカラー族である。公務員のケリー、中古車セールスマンのマイルズ、医者になりそこねの「ドク」、それに教師シェーマスで、それぞれに失意と挫折の孤独な日々を逃れ、不毛な飲み騒ぎに息抜きを求めている。ひとり既婚のシェーマスも、女房への不満、結婚の退屈さを告白し、結局それぞれに失敗を意識せざるをえない。

ドラマ展開の直接のきっかけをなすのは、途中から加わるローチ氏である。分別盛りの「四〇から五〇歳のあいだ」の年齢だけでなく、何よりもゲイとして界隈に悪名高いアウトサイダーだから、突然の来訪に、特にケリーがひどく嫌悪感を示し、「淫らな不潔な倒錯者」を追い出そうとする。

しかし、その反応には奇妙なト書が付く――「ケリー寝室に出て行き、初めはためらい不安そうに立っている。それから腰を屈めて鍵穴から覗き、耳を傾け、あるいは部屋を歩きまわる」。「俺は誰にも劣らずリベラルだが、変態は限度を越える」と言いながら、ケリーの脅えた反応は、同性愛が犯罪となる当時の社会で、「世間の評判」を気にする、疎外と偽善を示唆する。

職業などの個人情報は不明で、ゲイとしかわからないローチ氏が、中年の「若者たち」とコントラストをなし、その自己欺瞞、性的フラストレーションの「消耗、衰え、わびしさ」を暴いて、自立と分別の平静さで、男らしさの皮肉な批判者になる。

第一幕「ローチ氏の死」――歓迎できない客をスケープゴートにする悪ふざけで、ローチ氏がホーリー・ホールに突き落とされる。地下室から引き上げると、「ローチ氏がどこかおかしいのが明らかで、不自然に首を垂れ、ぐったりしている」。酔いの勢いで、ゲイ叩きの戯れが、思わぬ悲劇に急転する。

第二幕、「死体の始末とレクイエム」――「死んだ変態」の処置に困って、運河の辺のベンチに放置することにし、「ドク」と、ローチ氏の連れのケヴィンが出かける。シェーマスと残るケリーは、自分の不可解な言動の理由を、ものの弾みか、一時の気の迷いか、ローチ氏とセックスをした、その罪の意識からであると告白する。自らの同性愛を受け入れられないケリーは、ローチ氏との体験を、アクシデントあるいは不手際にし、「知れ渡ること」を恐れ、苦しい胸のうちを忘れようとして、女のいない、男たちとの飲み騒ぎに逃れているのである。

第三幕「ローチ氏の復活」で、悲劇はファースに転じる。眠れない一夜を過ごしたケリーは、朝日が差しこむ頃、死んだはずのローチ氏が、「ドク」とケヴィンと「腕を組んで踊るかのように」戻って、観客もろとも驚かされる。

（ケリー跳び上がり、ドアをさっと開ける。ローチ氏が最初に入る）
ケリー　イエス様！
ローチ氏　そうでもないよ、君、でもその間違いはうれしいね。
（三人入る。大笑いになり、実際三人はしばらく笑って口も利けない。「奴の顔を見たか」「ああ、神様、パンクしそうだ」などと叫ぶ。）

「奇蹟」は、閉所恐怖症のローチ氏が、地下室に押しこめられて、発作で気を失ったのを、「ドク」が誤診し、雷雨と陽光で息を吹き返したと、一応道理にかなった説明が与えられる。その限りでは、皮肉な笑いの逆転劇になるが、さらにマイルズはケリーの部屋を「この墓」と呼び、ローチ氏が閉じこめられるのは「聖なる穴」「地獄」であり、ローチ氏の死に、驚きの叫び「ああ、神様」「聖母様」「ああ、主よ」などと繰り返す。「言葉のアイロニーのこのような積み重ねによる、死と復活を連想させる疑似宗教的テーマ」（A・ローチ）が加味される。
男たちに自省を促す日曜早朝で、教会の鐘が「ゆっくり弔鐘のように鳴り」、ケリーが「一人椅子の側にひざまづき、頭を垂れ」、神に祈るところから始まり、「イエス」「煉獄」「奇蹟」などの語を用い、おかしがるローチ氏が「神父のように」日の出の「神秘」を語り、「すべての死んだ人、生きていても死んだような人のために祈れ」と送り出し、皆がミサに出かける。一人残されるローチ氏だけアイロニーを免れ、「観客に向かい、謎の微笑が顔に戻る」終幕である。

『ローチ氏の死と復活』は、社会から爪弾きされる性的マイノリティのローチ氏に、「われわれはみな時にはシンパシーを必要とする。誰もがシンパシーを必要とする」と説かせる。時代と社会の価値観や因襲に縛られて、特に性に成熟した態度を取れないケリーたちの仮面を剝がし、各自の正体に直面させる。

当時タブーの同性愛を核とする、最初期のアイルランド劇であり、また「象徴的で寓意的な」（C・マレー）ローチ氏の機能で、キリストの死と復活をパロディー化する「苦い喜劇」（R・ウェルチ）である。創作の意図と難しさを作者は語っている――

ナチュラリスティックな劇を他の次元のリアリティに高めて、信じられるようにするのは非常に難しいことです。

この作品を書いた時には、同性愛についてほとんど知らず、その結果、ローチ氏の人物像に非現実性があると思う。

バリー『シャーキンの祈り』

一九九〇年代アイルランドに登場し、欧米の舞台でも好評を博したバリー、マクドナー、マクファーソン等の中で、セバスチャン・バリーは現代劇には珍しく、詩的演劇で観客を魅了した。しかし抒情詩派のバリーが、劇作に転じる時、詩型による詩劇を創ったという意味ではない。無垢な人たちの現実と喜びを表現する台詞と卜書が、情緒を喚起する詩的な文体である。「イメージと哀調に満ちた台詞、そして過去と現在、追憶とファンタジーのあいだをたやすく動くドラマツルギーによって、バリーは夢の当てのない淀みなさをもつ劇形式を生む」（G・フィッツギボン）。

自伝的要素が濃いバリー劇は、時流から外れた、埋もれた祖先を発見した「家族劇」が多く、『シャーキンの祈り』（一九九〇、ピーコック劇場）も、マイノリティの祖先を扱う、特異な題材の一例である。

一八九〇年代、アイルランド南西部コーク州の小島シャーキンに、マンチェスターから非国教徒派の「クエーカーのような」三家族が、信仰の理由で移住している。海に囲まれる小島は、スイカズラの芳香が漂う静かな環境で、現代や都会から掛け離れて、牧歌的なコミュニティであるが、自給自足の実生活は決して楽園ではない。本土のアイルランドは、ナショナリズムの盛期を迎えようとする、圧倒的なカトリック教圏で、宗派の違う人々と互いに敬愛しながらも、やがて難しい前途に直面せざるをえない。題材そのものが詩的要素をもち、それに相応しい文体――繊細なリズム、鮮やかなメタファーの詩的表現を用いる。

移住した最初の三家族が、三世代あとの今は、ホーク家の五人に減っている。ローソク作りが生業で、最低限の生活を余儀なくされるが、最大の問題は、あとに続く信者がいなくて、自然消滅の危機に瀕することである。

ホーク家の五人は、妻を亡くしている六〇代の父親ジョンの他に、独身の伯母二人――ジョンの姉妹ハンナと妻の姉妹サラ、三〇歳の長女ファニーと長男ジェシーで、結婚して子孫を残す可能性があるのはファニー一人という、切羽つまった状況である。ハンナとサラは、結婚相手がいなかった独身であり、ジェシーは精神を病んで、近親の世話になっているからである。

本土と交流があるのは、対岸の町ボルティモアで、ローソク用の蠟はカトリック教会の尼僧たちから入手し、伯母たちが関心のある小間物は、人のよいピアス夫妻の店から入手している。このプロテスタントの商人夫婦メグとスティーヴンのコミックであけすけな愛情表現は、島のホーク家の人々と対照的である。

特に関わりが生じるのは、コーク市のリトグラフ職人パトリックである。四〇歳のパトリックは未婚で、三〇歳のファニーにうってつけの候補であるが、アイルランドのカトリック教徒とポルトガルのユダヤ教徒を両親とするパトリックでは、異教徒との結婚を禁じる宗派のファニー一家には、厳しい条件になる。

政治の嵐の前夜であるが、問題になるのは宗教であり、「カトリック教徒の闇と高級なプロテスタントの奇妙さ」に囲まれて、受け入れられないマイノリティ家族の葛藤や煩悶である。

ファニーとパトリックはほとんど一目惚れともいえるロマンティックで牧歌的な愛に陥り、周囲の驚きと喜びの中での幸せな関係になる。ただ、ファニーが本土に渡り住む、異教徒との結婚は、島に残る四人の小さなコミュニティの将来を、いっそう閉ざすことになり、光明のない予測から、ファニーはためらい、求愛を断ろうとする。

迷う折から、ファニーの夢の中に、宗派の創始者マット・パーディが「天使の姿」で現れ、「君の子供たちが呼んでいる」と語りかけ、パトリックとの結婚をよしとする。デウス・エクス・マキーナ的な亡霊の出現は、難題解決の手段として安易だが、ファニーの憧れと必要性の迷いから生じた心の幻で、マイノリティの歴史の語り手と考えられる。

ファニーはマットから母性や性の祝福を得て、小間物屋夫婦などの支えもあって決断し、ある意味では単純なボーイ・ミーツ・ガールの変形であるが、バリーは厳しくも美しいドラマにしている。

漁師オーハンの小舟で本土に向かうファニーと、見送る父ジョンと、対岸で迎えるパトリックの三人の明かりが交錯する最後の場景は、作者の詩質を発揮し、「光と闇がこの劇の中心的メタファー」（J・ヴェールマン）であることを明示する。

海上。ファニー船尾に坐り、嫁入箱をしっかり握る。オーハン漕ぐ。あたり一面、薄暗くなる海面。

静かな中に櫂を漕ぐ水音。明かりを投げかけるランプ。空には静かに月。自分の明るい光の中、桟橋の端に来るジョン。オーハン漕ぐ。ジョンの明かり、一かきごとに小さくなる。ジョンに娘はほとんど見えなくなる。ジョン小さく手を振る。ジョンの明かり消える。ゆっくり対岸のボルティモアの桟橋の暗闇から、パトリックに明かりが当たっていく。心配して待ちながら、パトリックじっと見詰める。一かきごとにその明かり強まる。

台詞のない、視覚と聴覚に訴えるト書は、主要な当事者三人の動静をよく伝えるが、「滅びゆくコミュニティの消滅を早める」だけでなく、「希望と生命力の新しい時代の始まり」（S・T・カミングズ）であるかは定かでない終幕である。

9　多文化

アイルランドは、ケルト文化の長い歴史と伝統を保ちながらも、隣の大国イギリスに振り回され、さらに広範な異国異文化との関わりで、グローバルな多文化共生に加わっていく。演劇のグローバルな交渉は、主として公演と翻訳による。世界が身近になり、交流が便利になると、国際的な理解や鑑賞、流布や影響が可能になる。現代アイルランド演劇は草創期から諸外国との交流を意図しながら、外からの影響を忌避する一方で、翻訳を通して摂取していく。

翻訳の才能を発揮した一人はグレゴリー夫人で、『キルタータン・モリエール』四篇がある。先行の翻訳では「舞台が観客に伝わらない」ために、身辺のキルタータン方言で移植を試み、「生気のある翻訳」による生き生きしたモリエールとして歓迎される。

しかし、夫人はその気質と関わる改変を示す。『いやいやながら医者にされ』で淫らや下品と見なす個処を削除し、『スカパンの悪だくみ』で恋愛感情を省略し、また『守銭奴』の合理化や『町人貴族』

イプセン	『ロスメルスホルム』 『ペール・ギュント』 『ヘッダ・ガブラー』 『人形の家』
ストリンドベリ	『ジュリー嬢』 『強者』
オストロフスキー	『嵐』
チェーホフ	『三人姉妹』 『ワーニャ伯父さん』
ロルカ	『イェルマ』 『ベルナルダ・アルバの家』
ブレヒト	『三文オペラ』
ソフォクレス	『エレクトラ』

のアベイ化を見せる。原作に忠実かという観点からは問題があり、ファルスで成功しやすい限界を示すが、舞台と役者と観客への配慮からの人気だった。

そのあとで特記すべきは、フリールとチェーホフ、マクギネスとイプセンなど、欧米の作家の影響関係である。例えばフリールのチェーホフ訳は、流布している英語訳が役者にも観客にも不適当と考えるからで、具体的には『三人姉妹』で、「六つの翻訳を前に置いて、一行ごとに一度に取り組み、まずその意味は何か、それから調子はどうか、そして最後に響きはどうかを見る」手順で、「全部で九カ月かかりました」と述懐している。

翻訳はそうした言語上の問題だけでなく、文化や歴史のバリアも越えなければならないから、簡単にグローバリゼーションといえない作業である。そういう点で驚くのは、マクギネスの翻訳の質量で、出版や上演がわかっているだけでも、上のようなリストになる。

これほどの翻訳を原作・原語から行うことは不可能で、既存の英訳あるいは他者の逐語訳に頼って、アイルランド英語に近づけたり、自らの文体に直したりしたのだろう。

日本の演劇では、かつては菊池寛や木下順二などのケースが有名であるが、なんといってもイェイツと能の交渉がある。その一例が『鷹の泉にて』で、不老不死の霊水を求める、アイルランド伝承の王子クフーリンを主人公とする詩劇である。それを横道萬里雄が逆輸入し、空賦鱗に扮する観世寿夫らが『鷹姫』として初演した。裸舞台、仮面、楽器、コーラス、踊りを使用する、象徴と様式と凝縮による、非リアリズムの新作能である。

しかし「演劇は戯曲、発話、所作、装置を改革しなければならない。つまり今の演劇にいいところは一つもない」と、ラジカルな改革を唱えたイェイツにとって、能がラッキーな出会いであったとは必ずしもいえない。

オケイシー『銀杯』

イギリスからの独立を目指す現代アイルランドの激動を、民衆の悲喜劇として展開する「ダブリン三部作」のあと、ショーン・オケイシーはロンドンに「自己亡命」し、その「汚染」を批判されて、評価と人気を落とすが、「オケイシーは亡命によって、アイルランド人よりヨーロッパ人のように書いた」

（J・アーデン）。

分岐点となる『銀杯』（一九二九、ロンドン初演）を「四幕の悲喜劇」と題し、オケイシーはアベイ劇場での上演を確信していた。しかし、アイルランドを越える広い世界への関心と、リアリズムを退ける外国劇の刺激で、『銀杯』は全体演劇の実験性と象徴性を帯びたため、アベイ劇場での上演を断られた。

R・バーンズの歌から着想した『銀杯』は、若さと力が漲るアイルランド青年ハリーが、イギリス軍に志願し、第一次世界大戦のヨーロッパ戦線に出征して、下半身不随になる悲劇を扱い、戦争の破壊の現実と、戦争が人間に及ぼす影響をテーマとして、強い反戦思想を表明する。作者がよく知るダブリン下層の貧しい人々へのリアルな関心がドラマを支える「三部作」とほぼ同時期を扱い、戦争の恐怖と不毛という主題で、併せて「四部作」と見なすことも不当ではない。

しかし、アイルランド現代史とダブリン市街の制約を超えて新生面を拓き、「戦争の顔を見せて、そのヴェールを剝ぐ」意図で、「大規模な世界大戦」の舞台化を図り、第二幕を激戦地フランダースに設定する。戦場の混沌と恐怖を、グロテスクな誇張と非現実的な歪曲で示す第二幕は、戦場をイェイツの主張する「単なる背景」にしないで、宗教色を帯びさせる。

爆撃された修道院を兵営とし、壊れた十字架像と大砲が見え、「うずくまる者」が伝道書の詩句を詠唱し、背後で祈りの聖歌が聞こえる——第二幕冒頭の精緻なト書は、兵士が生贄の疑似受難劇、あるいは「人類の犠牲の儀式を執り行う一種の巨大ミサ」（R・エイリング）となり、「現状を守ために、教会と国家が結託して人間を犠牲にする」（C・マレー）ことを示唆する。

象徴的な装置と色彩、無名の兵士たちの儀式的動作、連禱や詠唱、電報文やロンドン訛り——それは戦場の写実ではなく、兵士たちの感情の反映であり、「場面のあらゆる特徴が、その元々の外見より少し歪んで見える」。飢えと疲れ、寒さと汚れ、みじめさと恐怖の中で、なぜ戦うのか困惑する兵士たちの悪夢が、視覚的にも聴覚的にも、幻想的な様式化による異次元の世界として展開される。「戦争の愚かさと全くの陰うつさ、陰うつさだけでなく、消耗、負傷、不具、死の幕」である。

欧米の表現主義のレッテルを作者は意識するが、その影響については曖昧である。「戦争の精神を一般兵士の視点で捉えようとして、第二幕を演劇書にいう〈表現主義的〉手法で展開した」とも、「決して意識的に〈表現主義〉を選んだのではなく、今も昔も〈表現主義〉は理解できない」とも書く。しかし、装置、人物、会話、照明などで、欧米の表現主義の意図に近くて、その基本形が当てはまり、ダブリンやロンドンで熱心に観たトラーやカイザー、ストリンドベリやオニールの上演の洗礼を受けていることは間違いない。

その影響で問題になるのは、ハリーの無名化と前後の幕との関わりである。個人と人間性が無意味になる戦場での没個性化を示すために、兵士たちは番号にされ、名前がない。個性や心理を単純化し制限する表現主義に通じる手法である。

「支配的人物」（イェイツ）ハリーの戦傷による悲劇を追うだけなら、ハリーを明示しない第二幕がない方がウェルメイドで、「兵士の三重の状況——出征、戦闘、帰還」（H・コゾク）の一貫性を保てる。しかし作者の意図は、そういう型にはまった芝居ではない。第二幕はハリーの個人的悲劇を見せるのではなく、戦場のカオス、兵士の集団的体験を通して、「神の慈悲と人間の正義」の正体を暴露して、戦争批判を行う。

期待外れの感を否定できないのは、その「意見」のせいではなく、表現形式の不統一による。平板な人物造型と誇張された台詞のために、劇的感興にもアイロニーにも欠けることである。

第一、二幕の対比は見事で、個と全体、喜劇と悲劇、リアリズムと表現主義の、鮮やかで皮肉なコントラストが生かされているが、『銀杯』全体としては、異質な第二幕が浮く。

休暇の帰省で、所属するサッカークラブを勝利に導き、銀杯を獲得させた、個性と生気の溢れる主人公ハリーと、家族や周りの人をリアルに滑稽に描く第一幕のあと、前線でハリーが埋没する第二幕を挟んで、戦傷で下半身麻痺のハリーが、病院に収容されて手術を待つ、苦悩の姿を見せる第三幕と、車椅子のハリーがサッカークラブのパーティで、敗残の身を晒し、銀杯を床に叩きつける第四幕が続く。

ハリーの父親とその相棒の、大戦の影響を反映しないカリカチャのドタバタ劇と、「若さ、力、勝利のしるし」であるハリーが、恋人も奪われて、粉々に砕ける「受身の苦悩」（イェイツ）の自己憐憫とで、劇的勢いに欠け、人間性を踏みにじる非情な戦争の犠牲が、笑劇にかき消されてしまう。

兵士たちの苦悩と掛け離れた、無関心で浅薄な世間への皮肉だとしても、あるいはハリーの悲劇を無視する周囲の道化たちによるコミック・リリーフだとしても、第三、四幕は笑いの批判力が弱く、一つの幕にするか、第三幕を削るかする方がベターであろう。

「劇が効果的であるのは、兵士たちに個性があるのは家庭でだけで、戦争が兵士を見分けのつかない符号に変えるから」（H・コゾク）とか、「現実と象徴との奇蹟に近いバランスを保つ劇」（H・カイバード）とかの高い評価もあるが、第二幕の集団化と儀式化からの後退で、逆に「戦争の不幸」の実感が遠のく。

『銀杯』の上演拒否でイェイツたちと対立し、アベイ劇場と役者の便宜を失うオケイシーは以後、初演の前に戯曲を出版し、上演もままならない状態に追いこまれる。アベイ劇場とアイルランドからの解放が、着想の拡大や手法の自由を獲得させていくとしても、マイナス面も小さくなかった。最晩年の作者は、「〈リアリズム〉に背を向けて、もっと想像的で音楽的な手法をとった『銀杯』を最も高く評価する」と考えている。

マクギネス『私を見守ってくれる人』

レバノンの首都ベイルートで、三人の欧米人が人質にとられ、外界から隔てられる小さな暗い地下室の壁に鎖でつながれる。アラブ世界のテロリズムや民族紛争、特に一九八〇—九〇年代に起こった一連の人質事件を反映する、フランク・マクギネスの『私を見守ってくれる人』（一九九二、ロンドン初演）は、作者が献呈している「勇敢な男ブライアン」——ベイルートでシーア派過激集団に誘拐された、北アイルランドの教師ブライアン・キーナンらの酷しい囚われ生活の実話にヒントを得ている。

誘拐した人質を拘禁するテロリストは、終始姿を見せず、尋問もせず、要求も出さないで、ただ監禁状態に置く。不安定な中東情勢を反映して、ある程度の推測は可能だとしても、動機も理由も特定化せず、待ち構えるのが処刑か釈放か不明なため、かえって不気味である。ドラマは人質三人に集中して、その緊張と恐怖を普遍化する構想である。

三人は、最初に拘禁されて四カ月のアメリカ人医師アダム、次いで二カ月のアイルランド人ジャーナリストのエドワード、そして途中から加わる、捕われたばかりのイギリス人学者マイケルで、それぞれベイルートにやってきた理由は異なる知識人であり、移民やエグザイルではない。

体力保持に前向きで、オプティミズムの自立心をもつアダム、口汚いおしゃべりで皮肉なエドワード、穏やかで自制的なマイケル——個性的でありながら、それぞれの「民族性のステレオタイプ」（H・ロジェク）ともいえる三人は、相手への型にはまった偏見や誤解、からかいや敵意で攻防し、微妙な三角関係を形成する。しかも英語を共有しながら、異なる英語圏に属し、国民性を反映する。

「身体的監禁状態と文化的監禁状態」（E・ジョーダン）の三人が、極限状態の不安と恐怖、緊張と無力感、屈辱と絶望から、共通の敵に、忍耐と勇気で抵抗しながら、互いに「見守る」ことで、しだいに偏見や対立を乗り越え、互いの人間性への理解から、和解と鼓舞にいたるプロセスのドラマである。

プロローグと九場から成りながら、場面は地下の一室に限り、短い鎖で身動きが局限されるから、互いのコミュニケーションの手段は言葉と想像のみで、ストーリーテリングとファンタジーによるサバイバル・ゲームの連続になる。ジョークや謎々、歌や引用、映画のパロディや家族への口頭の手紙、さらに想像の空中ドライブやスポーツ競技など、敵対意識の応酬や願望充足の交歓によって、三人は恐怖を忘れ、退屈を紛らせ、正気を保とうとして、連帯と慰めを得ていく。

特に笑い、滑稽は、攻撃であっても、苛酷な状況に耐え、見えない敵に対抗し、自他の先入観を自覚して、互いの理解に寄与する、救いの手段になる。アダムは新入りのマイケルに、「奴らは君が泣くのが望みだ、だから泣くな、笑え」と教え、最後にはマイケルが参っているエドワードに「奴らに泣き声が聞かれる、笑え」と忠告する。

アダムが歌う、暗闇から聞こえる流行歌「私を見守ってくれる人」で開幕するが、アダムはしだいに後景に退き、第五場で姿を消し、おそらく処刑される。シニカルで苛立つエドワードと、冷静で礼儀正しいマイケルが、両国の長い複雑な関係を反映する気まずい不和のあいだに立って、仲介するアメリカ人がいなくなって、アイルランド対イギリスの関係に焦点が絞られていく。

例えば、エドワードはアイルランド英語を「美しい方言」と呼ばれて反発し、マイケルは一九世紀半ばのじゃがいも大飢饉を「昨日起こった」と責められる。エドワードは悪口雑言を浴びせて挑発し、皮肉なウィットでからかい、新参として恰好の餌食にされるマイケルは、穏やかな話し方で自制する。それは長年の両国関係による、国民性や歴史観の違いを表すが、「イギリスとアイルランドの限られた、しばしば動けない関係と、そのような依存関係が必然的に伴う心理的囚われ状態」（E・ジョーダン）のアレゴリーになり、「本当の敵は……内なる敵、受け継いだ偏見である」（A・ローチ）ことを示す。

北アイルランド人のエドワードを強調すると、「監禁、テロリズム、拷問のベルファスト／ベイルートの相似」（H・ロジェク）にもなる。

イギリスとアイルランドの関係は、絶望的に不幸な結婚に似ていて、絶望的に不幸であり続けるか、何か起こって傷を癒すか、どちらかです。この作品はその傷をさらけ出し、傷つけ合いを続けさせても、やがて傷は治るか、傷つけ合ったことを認めることになります。

両国の敵対に絶えず悩まされる作者は、こう述べて、双方が「見守る」歩み寄りに向かわせる。エドワードのみ解放されることになり、マイケルが父から聞いた、戦闘に入る古代スパルタ兵士の慣わしを真似て、互いの髪を梳く。鎖による長い隔離のあとで初めて触れ合い、「元気で」と声をかけ合うラストになる。

（エドワード上着のポケットから櫛を取り出す。マイケルに近づき、その髪を梳き、櫛を渡す。エドワード頭を下げる。その髪を梳いて、マイケル櫛をエドワードに返す）これでよし。
マイケル　これでよし。
エドワード　元気で。
マイケル　元気で。
（エドワード去る。マイケルじっと立つ。身体がけいれんする。けいれん止まる。沈黙）

「見守り」に慰めと勇気を与え合うラストの儀式は、「個々の人間に本来備わる優しさと威厳が、最悪の状況でも人間性抹殺に反抗できるとする作者の信念」（S・スターンライト）を表すとともに、「アイルランドとイギリスの和平のプロセスのミニチュア」（J・ハート）になる。「屈することを拒み、自らのアイデンティティと文化に固執する」（作者）ヒロイズムの話に、異国との交流の際の理解と寛容の結末を付ける。

正体不明の見えない支配者、待つ状況、その間のさまざまなプレイ、そして「沈黙」の頻出で、『ゴドーを待ちながら』に似るベケット的作品であるが、推測できる現実的状況と、複雑な劇的緊張の仕組みで差異は大きい。何よりも、因縁のアイルランドとイギリスの関係を越える国際的エピソードで、アイルランドの多文化を探る傑作である。

オケリー『亡命！　亡命を！』

アイルランドは長らく移民問題を抱えている。特に一九世紀半ば、主食じゃがいもの病害に発した大飢饉では、大量の移民や病死者で人口が激減する。その後も、母国を見限り、故郷を離れて、海外に移住する者が続くのは、仕事がなく、貧困に苦しむからで、主としてアメリカやイギリスに向かう。

ところが近年、アイルランドは〈ケルトの虎〉と呼ばれる、前例のない繁栄で世界を驚かせた。結局はバブル景気で、好況は長続きしなかったが、移民が戻る変動が起こり、また東欧、アフリカ、アジア諸国からの人口流入が急増して、人種や民族の多様性が見られるようになる。

政治や宗教の絡む、世界的規模の異民族多文化の共生が重なる、時代の転換期に出現した劇作家の中に、ドナル・オケリー（一九五八―）がいる。アイルランドの人種差別や人権感覚を問う、鋭い政治的関心、社会意識をもつ活動家で、『亡命！　亡命を！』（一九九四、ピーコック劇場）は、代表作の一つである。

圧政や貧困に苦しむ発展途上国の人々にとって、それを克服し、先進国入りを果たさんばかりのアイルランドが、移住に適した国と国民に映り、自由や仕事を求めて、時には命を懸けて渡ってくる。ホスピタリティで知られるアイルランドであっても、移民の流入に困惑し、難民に必ずしも寛容ではなく、その戸惑いや反感を隠せないことがある。

『亡命！　亡命を！』は、今まさに難民、移民に揺れる世界の難問に取り組み、グローバルな対立と分裂、理解と解決への関心と先見性をもつ。アイルランドの難民問題、移民対策を、一般市民のレベルだけでなく、法の視点で捉え、国家と国民の意識と責任を追究する。

『亡命！　亡命を！』は、オケリーの人道主義的関心と責任感の作品である。これまでの抑圧的で非人道的なアイルランドの亡命法規への、作者の芸術上の反応であり、また、ヨーロッパ中で亡命

希望者の人権を否定する、来たるべきEU国境の共同管理への反応でもある。（S・スターンライト）

母国ウガンダで、武器所有の反徒という嫌疑をかけられ、警官に拷問されて、父親の火焙りを手伝わされたジョゼフは、アイルランドからの強制送還は、命に関わると拒み、出発間際の飛行機から飛び降りて収監され、政治亡命を求める。それに対処するのは入国管理官リオである。亡命の提訴には弁護士が必要で、リオはとっさに、資格を得たばかりの妹メアリーを勧め、ジョゼフの辛い体験を知って、メアリーは弁護を引き受ける。「不法入国者」ジョゼフと、その訴追で反対の立場に立つようになるリオとメアリーの法律的見解と、三人の人柄の対立に、ドラマが生じる。

他に兄妹と疎遠な父親ビルと、リオの同僚ピラーが登場する。引退したばかりの教会聖具係ビルは、ジョゼフの悲話に同情して、自宅で保護する。ピラーはかつてメアリーの恋人で、まだ未練を残す。ジョゼフの措置をめぐる一家族の反応が、「いわゆる難民危機に対するアイルランドの反応の縮図になる」（J・キング）。

キャリア・アップを目指すリオは、「ヨーロッパ。中心」に渡って、インターポール（国際刑事警察機構）に勤める野心を抱く。採用面接でジョゼフの悲話を利用して合格し、ヨーロッパに赴任して、亡命や難民扱いを求める人々に、母国の「公的な」厳しい姿勢を執り、ジョゼフに警告する——

ウガンダは安全で民主的だ。ウガンダの難民など存在しない。それが公式の見解だ。この男は難民ではない。経済的移住者にすぎない。すでに国外追放に抵抗した。縛って、口をふさぎ、元きた所へ戻さねばならん。規則に従ってな。

作者は作品に二つの実話を注入する。ジョゼフのトラウマ体験は、アムネスティ・インターナショナルの報告に基づき、父親が目の前で、軍によって焼き殺されたというジョゼフの弁舌は、身体の傷痕とともに実証される。もう一つは任地ドイツでの実話——ベトナム移民の宿泊施設を襲って、焼死させるドイツ人の群衆を、警官が無視する現場を目撃して、リオは自らの態度を反省し、ジレンマを抱える。

しかし自国の現行法では、ジョゼフの亡命は棄却される。ピラーが国外追放のためにジョゼフを逮捕し、空港へ強制連行する。リオはインターポールを辞任し、抵抗のメアリーとビルは自らの釈放を告げられるが、相談して放免を拒否し、ジョゼフのために闘おうと、法規の不備と当局の判断に抵抗する、かすかな望みで幕を降ろす。

ウガンダとドイツでの現実の事件で補強する『亡命！　亡命を！』は、目下世界の大問題を、グローバルな視点から問う問題劇であり、基本的人権と社会正義に溢れる作品であるが、リアリズム劇ではない。場面はパブ、警察、刑務所、ビルの自宅と変わるものの、すべて同一セットで間に合い、時間は「近過去に始まり、近未来に終わる」。問題はF・オトゥールが指摘するように、いくつかの不自然さである。

メアリーは初対面で、酔いからか同情からか、ジョゼフを抱擁してキスし、最後は二人で結婚や逃避行を語る。ジョゼフを自宅に招く父に反対する不和な兄妹が、正反対の立場でありながら、やがてジョゼフのために闘う一家になる。メアリーをめぐって、ピラーはジョゼフと対立しながら、最後はジョゼフを逃がそうとしたメアリーの釈放を図る。実態に覚醒したリオは「突然ピラーを強く抱擁する」。いずれもメロドラマ調で、不和な間柄を強引にハッピーエンドにした感がある。

しかし、無数の難民が押し寄せ、それに対処する政治や法が国々に見られる折、先見の明を誇りうる力作であり、オケリーの国際感覚、問題意識が鋭く表現されている。

「作品の真剣さは、一九九四年以来、アイルランド演劇に肩を並べるものはない。亡命希望者や帰化を扱う訴訟手続は修正されたから、たとえ今では時代遅れではあっても」（C・マレー）とする批評がある。

コラム『モイツーラ』

アイルランド演劇の草創期に、『土地』など農民劇「三部作」で、イェイツらの詩的演劇に対する、リアリズムの作家として期待されたパードリック・コラムは、早々とアメリカに渡り、さまざまのジャンルに手を出して、劇作家として大成しなかった。

むなしい探求と実験を重ねた半世紀のあと、最晩年のコラムは、主題でアイルランドに回帰し、近・現代史の重要人物を主人公とするサイクル劇を試みる。能の影響を受けた、一幕物の連作である。コラムに能の直接体験はないだろうが、イェイツの能プレイの先例があり、イェイツへのオマージュになる。

当時の欧米の現代劇が、ナチュラリズムやリアリズムの束縛を脱して、実験性を目指した潮流の影響とも考えられるが、一方では、コラムに最初からある、ナショナリスティックな目的、神話伝承への興味、詩劇への関心など、それまでのコラム劇の要素の発現でもある。能プレイの意図をコラムは次のように語る——

誰もが新しい劇形式を求めていると思う……いかに詩を組みこむか、いかに精神性を組み入れるか。それが問題です。……私が試みたのは……日本の形式で、それを新しく使うのです。儀式や音楽など……それは詩であって、詩とドラマを結合する、よりよい機会を与えてくれます。私が常にやりたいと思っていたことで、詩を本当にドラマティックにする試みです。

そして「私の新機軸は歴史上の人物だった」とするが、人物や出来事にゆかりの場所に設定することが多い能のように、コラムの能プレイはすべて、アイルランドの伝承や歴史にまつわる旧跡をタイトルとし、そこに設定して、時間の位相を重ねる。

イェイツが、クフーリンなど伝承の人物を好んで題材とし、人物の個性より情念の永遠性に重点を置くのと違って、アイルランド近・現代史の重要な時点で実在した、政治・軍事・文化の著名人を主人公にする。だから歴史の時代は明確で、人物に具体性があり、「アイルランドの遠い過去と近年の歴史が一つながりに交わり始め、旧跡を訪れる時に得る、歴史に生きる感覚が説得的に伝えられる」（Z・ボーエン）歴史劇であり、また「主人公たちが人生の転機を、旧跡とのフィクションの関係で追体験して、個人的危機を熟考する」（S・スターンライト）伝記劇でもある。

第一作『モイツーラ』（一九六三、出版）は、オスカー・ワイルドの父で、医師・郷土史家としてアイルランド神話の古戦場モイツーラを発掘したウィリアム・ワイルドを主人公にし、モイツーラを舞台にウィリアムの亡霊が嫡出でない二人の娘を火災事故で亡くした苦悩と罪意識を追体験する。

モイツーラを訪れる青年が、薬草を摘む老女に出会う。老女は昔ウィリアムのメイドで、ウィリアムが五〇年前に亡くなったことを知ると、「あの方はここに戻ってくると時々思います」と言い、青年は「ここは亡霊の出る所だ」と、古戦場であることを説明する。

いわばワキとツレによる導入部に、シテのウィリアムの亡霊が登場し、若いメイドの手渡す郵便で、世間に隠してきた二人の娘が、ダンスパーティで焼死した悲報に接する。

一方、「光と闇の勢力の神話の戦場」の古戦士たちが現れ、遠く隔たる二つの時代を結び付ける。自らの内に「光と闇」を抱えるウィリアムの個人的悲劇感の高まりと、古戦士たちの激情が重なり、ウィリアムが古王ヌアダから、死にも付きまとう煩悩に対処する力を得て慰められるという構成である。

ゆかりの地にウィリアムの亡霊が出没し、悲劇を追体験するとも、老女の回想にウィリアムが現れ、劇的瞬間を目撃するともとれる、疑似能プレイであり、青年が「彼はもっていた名声を失った。もったかも知れない名声を失った。ならず者の評判で終わった」と審判を下すことで現在に戻る。一幕には収まりにくい歴史の重層化であるが、史跡や旧跡を訪れる時、われわれが抱く感慨でもある。

ドラムとフルートの二人の楽師、楽師と古戦士の仮面、場面をぬう二人の娘のダンスなど、サイクル劇の中でイェイツの能プレイに最も近く、「踊り手たちのための劇」とサブタイトルを付けている。

第二作『グレンダロッホ』は、アイルランド・ナショナリズムの「無冠の帝王」パーネルの、自治獲得のためのリーダーとしての闘いと、失墜の原因となった恋愛スキャンダルとの関わりを追究する。不倫中のパーネルが訪れるグレンダロッホで、自らの弱さ、誤りを再確認する、観客が感応できる能プレイであり、現代劇になる。

第三作『クルーウフター』は、イースター蜂起のあと大逆罪で処刑されるナショナリストのケイスメントを扱う。一七世紀反乱の城跡を訪れ、アイルランドのために命を捧げる決心をする。歴史の錯綜と多様なコロスがドラマを妨げ、「歴史の脚注」で終わる失敗作である。

第四作『モナスタボイス』は、コラムの友人の小説家ジョイスが、自伝的小説のヒロインと修道院跡を訪れる、自己探求や背信の、人と作品の一体化の試みである。能プレイとしてはドラマ性にも様式化にも欠け、リアリスティックで単純な構成である。

第五作『キルモア』は、教会墓地に主教ペテルと、一七九八年蜂起の指導者マクラッケンと、伝統音楽の蒐集家バンティングを集める。まずい構成と平凡な台詞の二場からなる、能プレイの要素が少ない、コラム最後の作品である。

コラムの能プレイは、『モイツーラ』以外は、亡霊が出ても、死の時点から回想する夢幻能よりは、現実の人物を現在進行形で再現する現在能に近く、執心からの解脱や唐突な鎮魂より、「チャレンジャー」が迷い苦しみながらも、自らの窮地を認識して、決断実行する骨組をもつ。

従って能の象徴性や幽玄美はないが、イェイツの能プレイの、現実からの遊離を克服する現代劇の可能性を示唆する。アーキタイプより個人性を重視する、リアリストによるリアリスティックな能プレイである。能の五番立てとも、イェイツのクフーリン連作とも異なる、ごく短い一幕物の五篇のサイクルで、アイルランドの叙事劇を目指す、コラムの野心的試みである。

10 悲劇と喜劇

アイルランドのドラマツルギーを、何よりも悲喜劇のジャンルに力点を置いて捉えようとした。悲劇が書けなくなり、喜劇はファースに傾く今日、悲劇と喜劇の分類は有効に作用せず、悲劇であり喜劇でもある、あるいは悲劇でも喜劇でもない悲喜劇は、もはや特殊な存在ではないが、アイルランド演劇には適合する。

「人生全体は悲劇と喜劇の混合と感じられねばならない」（S・パーカー）ことは当然で、代表的作家や作品はみな、そのバランスによる綱渡りを実現している。

シング劇がスタートした悲劇『海へ乗り出す人々』のあと、シングは喜劇に向かい、イェイツはそれらを高く評価し支持した。グレゴリー夫人の『噂の広まり』は、「最も完璧なコメディ」と称賛されたが、「最初は悲劇として着想した」と作者は注記する。オケイシーは「ダブリン三部作」を「悲劇」（副題）とし、「アイルランド人はシリアスなことをジョークに変えるのを大変好む」と主人公に言わせる。

アイルランド演劇を統括するのに、シングの「現実と喜び」は便利であるが、「複合の視点」がより相応しく思え、それに「異なる視野」を加えて、広義の「複合の視点」の考察とした。ここでは悲劇と喜劇を離して、アイルランド演劇がこれらと無縁でないことを示すために、代表作を補遺として加える。

イェイツ『デアドラ』

アイルランド伝説の美姫デアドラの愛と死を劇化する悲劇『デアドラ』（一九〇六、アベイ劇場）は、イェイツ劇として稀な完成度をもつ。恋人たちの出会い、アルバへの逃亡、帰国による死という、三部構成の語り物ないし叙事詩を、忠実に劇化することは難しい。W・B・イェイツは伝説の最後、デアドラとニーシャが、七年間の逃亡生活のあと、王の赦免の約束を信じて帰国し、謀られて死ぬ、悲話のクライマックスに的を絞り、主なイェイツ劇がほとんどそうであるように、三単一を守る、簡潔で緊迫した一幕物にする。

伝説の「詳細の多くを省かなければならず」、形式の「厳格な論理のために、生活感がなくなってしまう」と、問題点を意識する作者の難点克服の手段は、三人の旅の女楽師の登場で、「大衆の感情」を表す「いくぶんギリシア風のコロス」が、イェイツ劇の最大の特徴になる。

舞台は「広大な森、暮れゆく空、近づく夜」が囲む「森の中の客舎」で、そこへ放浪の女楽師が偶然に来合わせ、目撃者かつストーリーテラーとしてドラマを開始し、伝説が本当の話になり、本当の話が伝説として成就する。

一二年ほど前に遡る出来事――コノハー王が森の中で「人の子とも神の子とも言えぬ」デアドラに目を留めて、毎日のように訪ね、美しい娘に成長したところで妃にしようとしたが、婚礼直前にウスナの王子ニーシャと駈け落ちされて、今日まで行方がわからない顚末である。

楽師たちは好奇の目と予感の力で、ことの成行きや出来事の意味を、登場人物と観客と共に現在進行形で発見していく。傍観者でありながら、時には目撃する証人として、劇行為に直接関与する。

楽師の話を中断して、先王の「老人」ファーガスが登場し、自分の執りなしで、王が恋人たちを許し、二人が帰国する旨を、自慢と喜びで伝え、楽師たちに歓迎の音楽を奏するように命じる。エンターテイナーとしての旅芸人を自然に組みこむ巧みな手法である。王の情念や欲情を理解しないファーガスのオプティミズムが、見聞と体験からくる楽師の疑念と対比される。

ここまでは三角関係の当事者三人が登場する前のプロローグで、ドラマ化しやすい伝説の発端、ドラマの前段階の予備知識が、楽師を情報源として、簡潔かつ急速に与えられる。

帰国するデアドラとニーシャの登場で、伝説の最後、ドラマの本体が始まる。ロマンティックな恋人というより若武者のニーシャは、王も使者も来ない様子に不安は覚えても、王の誓約を重んじるばかりである。

一方デアドラは、事態をのみこむ女楽師と打ち解け、ニーシャを殺して自分を妃に迎える王の真意と策略を知って、不安に駆られる。身辺の出来事に敏感で、事態の推移をよむ利発さがあり、楽観的な男たちに騙されないで、勇敢に情熱的に対処しようとする。

デアドラの反応で、ニーシャの確信が揺らぎ、ファーガスの説得も利かなくなる途端に、ようやく王の使者が現れ、デアドラのみを「テーブルとベッド」に招く王の意向を伝えて、ファーガスとニーシャの甘い期待をいっきに砕く。

ドラマの中間点がちょうど曲り角で、王の背信が明らかになって、不安のサスペンスが悲劇のカタストロフィに急転するはずである。ところが、王を信頼した非を認めるファーガスは、反旗を翻すために去り、自分たちが武装兵に取り囲まれているのを知るニーシャは、「生死を超越した者のように平静」で、デアドラをチェスに誘い、ゲームのいわば伴奏として楽師の音楽が奏される。

ニーシャの冷静に「待つ」行為は、王の誓約が罠であると覚った諦念、絶望的状況に対する達観であるが、耐えられないデアドラは、情熱的な愛の思い出で、ニーシャに最後のキスを求める。伝説の王と王妃のチェス場面は印象的でも、ドラマでは一見超然とした「静止状態」は、不自然な技巧の感は避けられない。

窓外に王の姿を見て、怒りで分別を失うニーシャが、武器を取って飛び出したあと、デアドラは楽師から短剣を奪って身に隠し、「デアドラの本当の話を知っている証拠」として腕輪を与える。伝説の中の役割を強く意識して、デアドラが役を演じる演劇性が増す。

挑んできたニーシャを網で捕えて、ようやくコノハー王が現れる。「女一人に男二人、この争いは収めようがない」という第一声から「まだ強壮で精力的な」姿である。しかし年甲斐もなく、若者の気持ちと憎悪に気付かず、デアドラの肉体とニーシャの釈放を取り引きする態度で、宿命のヒロインの情熱と勇気に焦点を合わせる『デアドラ』は、男たちのやや単純な矮小化は避けられない。

関係者が全員そろい、各自の立場がはっきりして、活発な駆け引きが行われる。生け捕りのニーシャの生死も、愛を貫くのも、自分の手中にあると知るデアドラは、「残された唯一の武器である女らしさ」(A・S・ノウランド)で、絶望的な状況を変えようとする。デアドラの必死の演技は、愛の表現であり、自己主張の選択になる。命を救うためにニーシャを称えるあいだに、王はニーシャに猿轡をかませて、幕のうしろで殺害させる。

事態の急変に意外にも平静なデアドラは、疑う王を説得し、王と楽師に相反する意味をもつアイロニーで、「悲劇的喜び」を表す、クライマックスの台詞かつ身振りになる。

さあ弦を鳴らし、しばらく歌っておくれ。
承知でしょう、すべてめでたく、
今夜わたしがどんな新枕を交わし、
どんな方と狭いベッドに寄り添い、
鶏の鳴き声でも目覚めないで眠るかを。

誓約を破った王に憤るファーガスが、大勢の農民を率いて乱入するとき、デアドラをわがものにする勝利を誇る王がカーテンを引かせて、デアドラの自害に愕然とする。

『デアドラ』はヒロインの悲劇であるが、イェイツが喜劇との差異と見なす、「夢想」や「恍惚」で特徴づけられる、「性格」を欠く悲劇ではない。イェイツが能の影響を受ける前の過渡期の作品であり、コロスを使い、クライマックスに凝縮し、情熱の悲劇にしても、人物の感情や心理を追って、劇行為をリアルに考えることが可能である。神秘や超自然は極力省いて、一幕物の誓約の中で、人物を個性化し内面化して、人間性がドラマを動かす。

リアルな日常性と儀式的な様式性の、両方の良さを兼ね、それまでのイェイツの最も進んだ劇である。と同時に、最も伝統的な劇でもある。（J・R・ムーア）

「私はブランク・ヴァースで書いたが、題材が許す限り普通の言葉に近づけようとした」詩劇で、詩型は高位の人物に相応しい品位を与えると同時に、自然な直截さをもつ口語体でもあって、上演で活きる詩劇にして、劇作家として進歩が著しい。

作者自身も、「優れた劇になったと確信しています……大変力強く、センセーショナルでさえあります」と自信を述べている。イェイツはケルトの神話や伝承を素材にしながら、一方では古典ギリシア悲劇にも惹かれ、『オイディプス王』を翻訳・上演している。『デアドラ』は、ギリシア悲劇の高潔さと威厳ももつ傑作である。

シング『海へ乗り出す人々』

劇作家J・M・シングの誕生には、アラン島体験が決定的役割を果たした。『海へ乗り出す人々』（一九〇四、モールズワース・ホール）は、題材も背景も、島の体験から得ている。紀行文『アラン島』で、シングは島の母親の運命を記す。

これらの島では、母性愛がたいそう強くて、女性にとっては苦痛の一生になる。息子たちは成人になるやいなや追い出されるか、ここで絶えず海の危険に晒されて生きる。娘たちも去ってしまうか、子供を産んで若いうちにやつれ果て、子供は成長すると、やがて立ち代わって娘たちを苦しめるようになる。

「アイルランド西部沖合のある島」の島民一家のある日の出来事を扱う、ごく短い一幕物『海へ乗り出す人々』は、このような苦難の母親像を通して、普遍的な人間の悲劇を表現する。舞台となる孤島の島民の小さな台所を荒海が囲繞し、最も基本的な生存のための、自然との闘いを展開する。

妹娘ノーラが、「静かに家に入り、ショールの下から包みを一つ取り出す」開幕である。包みはドニゴールで溺死した男のシャツと靴下で、それが生死がわからない兄マイケルの遺品かどうか、司祭の慰めと、母親から隠す気遣いとで、予感と不安が入り混じる。

母モーリャの哀願を振り切って、息子バートレーが子馬を売りに本島へ向かった直後、姉娘キャサリンがパンを渡し忘れたことに気付き、母に持たせてあとを追わせ、その間に縫い目の数でマイケルの遺品と確認する。衣服やパン、ロープや杖など、日常生活の平凡な小道具が、島の生活様式の具体的リアリティと鮮明なイメージで、観客の想像を刺激し、サスペンスを生む。

シングが『アラン島』で繰り返して記す、島の普通の事物や島民のなんでもない行為の、「高ぶる意識」による変容である。だからキャサリンの紡ぎ車を運命の三女神と関係づける、ギリシア悲劇的な象徴を読みこんだり、バートレーのためのパンを秘蹟と結び付ける、聖書的解釈を与えたりする。

暫くして、パンを手にしたまま戻るモーリャは、泣き悲しむだけであるが、娘たちに促されて、「世にも恐ろしいものを見た」と、赤い雌馬に乗るバートレーと、灰色の子馬に乗るマイケルの連れ立つ姿を見たと語る。娘は母の話を即座に受け入れ、一家の破滅を確信して嘆く。それは死者が生ある者を迎えに来て、妖精の国に誘うという民間伝承であり、「ヨハネ黙示録」のシンボルと相俟って、老母の幻覚とさせない、強烈なイメージである。

『海へ乗り出す人々』が、観客の「内奥の意識」に響く原型的本源的な力をもつのは、このような超自然が島民の日常生活に侵入し、受け入れられて、クライマックスをなし、観客をも呪縛するからである。実生活の断片のリアリスティックな発端が強固な外枠をなし、死者が人に付き添うという俗信の内部と呼応して緊張感を生み、最後は哀歌の儀式で共同体意識に押し上げられる。

夫と舅と四人の息子を海難で亡くしているモーリャは、今またマイケルの溺死を伝えられ、次々と男手を失った思い出を語るところへ、海に投げ出されたバートレーの遺体が運びこまれる。そして島の女たちの哀歌の中で、「みんな死んでしもうた。だから海はわしにこれ以上なんにもできはしない」と、母親の嘆きと諦めと慰めの幕になる。「風と波で襲う宇宙」に直面する「島民の内奥の意識」を露にする終幕である。

モーリャの悲話は、アラン島の事実に即するなら、統計的には誇張であり、作者自身の死のオブセッションや、センチメンタルな感情移入によると否定されるかもしれないが、『アラン島』に見られる「高ぶる意識」による印象のインパクト、人間の悲劇的状況への「感じやすい感性」（M・C・キング）に見合う表現であり、喜劇的要素が入る余地はない。またバートレーが死体で運びこまれるのは、現実の時間の尺度では不自然だが、一連の死を回想する時間の凝縮の中では緊張感をもち、観客は内的ドラマの時間を生きる。

シングの手法は、島の生活の細部と民間伝承の利用、そして双方を時間の凝縮で強化することにある。相容れない要素で構成されながら、互いに補強し合うのは、この短い一幕が、モーリャの長い悲劇的生涯を総括するからである。

聖水を振りかける祈りで、モーリャは失った八人の男手と一体になって、すべての女の悲劇的イメージとなり、最後には「生き残るすべての人々」をも包みこんで、人間全体に関わる悲劇として完結する。

『海へ乗り出す人々』の朗読を初めて聞いた時、イェイツは「ソフォクレスだ……いやアイスキュロスだ」と叫んだ。『海へ乗り出す人々』は、アイスキュロスやアリストテレスを引き合いに出して、ギリシア悲劇との比較がなされ、その適否や優劣が論じられたりする。また島民の葛藤の相手が自然の海であったり、悲劇の展開としては短かすぎたり、いわゆる悲劇の定型から外れることもある。

イェイツが「ラストの高貴さ、ギリシア悲劇の雰囲気にもかかわらず、苦悩があまりに受身的に思える」と不満を洩らし、同時期に創作・上演された『谷間の影』の方を評価したことは、重要であり興味深い。シングはその後、素材はアラン島での見聞から得ながら、悲喜劇に移る。

モーリャたち島民は個性よりもアーキタイプとしての存在感であり、「性格と性格の葛藤」を展開するのではなく、むしろイェイツ悲劇の側面をもつ。またギリシア悲劇の型と違って、モーリャの不幸な結末は、正邪や因果関係を欠いて、「悲劇的より痛ましい」（R・ベンソン）といえる。

しかし、もちろん古典の規範やイェイツの反応が問題ではない。現実と様式、エピックと悲劇、散文と詩を同時に成立させる『海へ乗り出す人々』は、シング独自の傑作悲劇であり、特に「崇高な女性悲劇」（O・フローリィ）である。

グレゴリー夫人『噂の広まり』

自ら先導したアイルランド演劇運動で、女性の制約に甘んじざるをえなかったオーガスタ・グレゴリー（一八五二－一九三二）は、ほとんど五〇歳で初めて劇作に着手した。「若い作家たちは、みな悲劇を書くのに忙しく、人生にはもっと明るい面があることを知る年齢になるまで、私は喜劇を書き続けてきました」と、年齢のハンディキャップを逆手に取って、喜劇精神の溢れる、一幕の喜劇ないしファースを得意にしていく。

おしゃべりで非現実的なアイルランド人気質が引き起こす「神話作り」の狂騒、イギリスの侵略と支配に曝された歴史から必然的な「二つの忠誠心」の葛藤、それがグレゴリー夫人の創作の源泉である。「私たちの救いがたい神話作りの天才」を認め、それを楽しむ夫人は、その洞察で、アイルランド的な「神話作り」の人間喜劇を量産する。「神話作り」の担い手は、「想像力のある階級、アイルランド伝承の保持者である、藁葺き小屋の田舎の人々、畑や沼で働く人々」であり、その原動力は、単調で退屈な生活の挫折感や抑圧感から生じる、想像力とおしゃべりである。

「神話作り」とは、端的にいえば、話し好きが嵩じた、間違いの誇張であり、その喜劇は、事実を無視する軽信と潤色による、間違いの喜劇である。「笑劇は性格を省いた喜劇」という夫人の定義に従えば、外面的な人物把握の笑劇であるが、単なる愚かさや気紛れや浮かれのおかしさを目的とするのではない。早合点とおしゃべりによる集団的熱狂であり、現実意識が戻るまでのスピーディな展開が取柄である。短い一幕物になるのは自然で、「神話」は急速に創られ、頂点に達し、いくらか紛糾があって、幕が下りる。短い時間で、狂騒的かつ筋が通る状況を現出するのが勝負どころで、その代表作が『噂の広まり』（一九〇四、アベイ劇場）である。なんでもない一言が、話好きな村人のあいだに伝わるうちに、不倫による殺人の噂に拡大していく「神話作り」は、根拠がなく不自然で、たわいないエピソードの笑劇と呼べるかもしれないが、緊密な状況設定と、秀逸な早い進展に支えられている。

冒頭、着任早々の巡回治安判事が市場を視察して、当地を「無秩序」で「ひどく不穏」と見なし、殺人もありかねないと早合点して、改革の意志を述べ、まずリンゴ売りに町の様子を質す。

判事　（大声で）町の主な仕事は何かな。
タービー夫人　仕事だか？　ここの者の仕事ときたら、おたげえの世話を焼くことしかねえ。
判事　どんな商売かと尋ねとるんだ。
タービー夫人　商売はしねえ。商売はちっともしねえで、おしゃべりばっかしだ。

事情に疎い判事の勝手な思いこみと、耳の遠いリンゴ売りのとんちんかんな受け答えで、誤解の素地ができあがる。判事は支配するイギリス人の威圧的態度を反映し、リンゴ売りにはアイルランド人の「おしゃべり」好きの明察がある。その相互作用で、あとは村人が勝手に筋を運んでいく。

「野の無心な動物のようにやさしく無害な」「不運な男」バートレーが登場する。牧草地へ向かう途中で、市《いち》へ立寄ったジャックが、干し草用熊手を置き忘れ、あとを追うバートレーが、女房の買物籠を引っくり返してしまう。実際の出来事はこれだけで、変哲もないこの小さなエピソードが、村人の口の「早業」で、バートレーによるジャック殺しの噂に変容する。

「熊手を持ってジャック・スミスを追ってった」というバートレー夫人の返事を聞いて、バートレーに用事のティムが、「なんか口論」と早とちりし、買物籠を倒したジャックをバートレーが追ったという誤解を発端に、来合わせた村人たちが、「思うに」「らしい」「に違いなか」と憶測と想像をたくましくしていく。判事と巡査が来たのもそのせいにし、タービー夫人が「垣根の上に敷布を広げてた」を「死人の上に敷布を広げてた」と聞き違える相乗作用で、ジャック殺しになってしまう。そしてみんなが喧嘩の原因を考える時、またまた得意の推測を重ねて、とうとうバートレーがジャックの女房キティと通じて、ジャックを殺した、キティは誰の同情も得られないだろうという「神話」を作ってしまう。

事実に則すれば無茶な早計、乱暴な飛躍であり、誰も騙す意図はないのに、噂を信じこみ、誤解を積み重ねる。噂の元凶タービー夫人が先見した「おたげえの世話を焼く」「おしゃべり」な村人の実証である。「ふとした一言から思いがけない話が生まれ、急に評判を落とす」というこの劇の着想の発端であり、作者の普遍的なテーマの一つになる。

バートレーが「自白」で逮捕され、夫人も「裏切者」に耳を貸さないで嘆くところへ、殺されたはずのジャックが歌いながら現れ、「みんな頭がどうかしとる」とあしらうが、情事の説明を受けると、怒ってバートレーに跳びかかる。最後は判事が二人を引き立て、「二人を本物のジャック・スミスの遺体と引き合わさねばならん」と言う、渾沌と喧騒の幕になる。

不貞と殺人の「神話」は、村人の協力によるフィクションで、一人として周りの事実を見ようとしないで、「空な証拠に基づいて」「かくも些細なことから、かくもありそうもない話」を作り、信じ、広める。要するに、軽信とおしゃべりによる間違いの喜劇、穏やかな風刺の無害な笑劇であり、話好きで陽気な、客観性より想像に傾きがちな国民性によるおかしさを、言葉の的確さと早いテンポと緊密な構成で巧みに展開する佳作である。

『噂の広まり』は、最初は悲劇として着想されたらしいが、「私たちの劇場で、高級な詩的作品と並ぶのには、悲劇でなく喜劇が望まれ、……この小品で笑いのなすがままにしました」と注記している夫人の喜劇は、「アイルランドで最大多数の最大の笑いを生み出した」（A・E・マローン）とさえ評された。そして自らも「ひょっとすると、私はこれらの短い喜劇以外は書くべきではなかったのかもしれませんん」と記している。

舞台となるクルーンに因んでクルーン喜劇と呼ばれるが、クルーンは「ゴートであり、どこでもなく、アイルランドであり、どこでもあり、喜劇の国境のない国である」（A・サドルマイヤー）。

オケイシー『紅い塵』

母国と決別し、イングランドに移り住んで十余年のショーン・オケイシーが、両国民の比較に関心を抱くのは必然である。明らかに、尊敬するショオの『ジョン・ブルの別の島』にヒントを得ながら、理知的逆説的なショオ作品とは違う、活気と愚行が支配的で陽気な『紅い塵』（一九四〇、出版）を創作する。

時は第二次世界大戦初期の「現在」、所はアイルランド西部の「チューダー朝の古い屋敷」で、二人の裕福なイギリス人が、戦火を逃れて、中立国アイルランドの「平安と善意」を求めて渡ってくる。荒れ果てた屋敷の再興で、かつての栄華と伝統を取り戻そうと、時代錯誤の努力をするが、自らの愚かさとアイルランド職人の抵抗によって、全くの失敗に帰し、最後に屋敷は「紅い塵の小さな山」と化して、洪水に流される。

大英帝国の崩壊と屋敷の衰亡を必然と認め、現代アイルランドで屋敷に固執する愚かさを笑いのめす「気紛れな喜劇」（副題）である。写実と誇張による牧歌的笑劇であり、現実と象徴による道徳劇であり、また「笑いの威力」を「武器」にして両国の国民性を風刺する「一種のアレゴリー風のもの」になる。

第一幕、「半ば崩れて傾きかけた」屋敷の修復に雇われた職人たちの前に、雇主のイギリス人が、愛人と召使を連れ、奇妙な服装と道具、田舎風の歌と踊りで登場する。金持ちのビジネスマンと高学歴のポウジズとストウクで、その名は英国詩人トマス・グレイの有名な詩「墓畔のエレジー」に由来し、いわば墓地の擬人化である。

二人は自慢し、仲違いし、愛人と争い、職人と衝突し、次から次へと失敗を重ねる、誇張で戯画化された愚者である。自らに相応しい無能、自惚れ、臆病、貪欲の非難を職人たちに浴びせて、平気でいる。尊大な紳士気取りと愛国的盲目で、イギリス人としての優越を当然とする、愛国主義的フールである。イギリスの昔日からの失墜に気付かずに、時代の流れを逆流させようとし、アイルランド人の職人を軽蔑しながら、自らの貧相な肉体と不毛な精神を暴露する。

そんな二人に呆れる職人たちは、同じく単純化で誇張されても、若さと活力で肯定される「賢いフール」（D・クラウス）である。特に現場監督の石工オキラゲインは、スペイン内戦で負傷したコミュニストで、容姿から思想まで、作者の共感を得るタイプである。「家に歴史を与え、伝説で取りまき、ばかな貴族を住まわせたり死なせたりすると、朽ち果てたところに美しさを見出す愚か者がいる」とからかい、過去よりも現在と未来に関心を抱く、理想的若者像である。

ストウクが愛人アブリルと乗馬に出て、すぐに落馬で担ぎこまれるなど、秀逸な田園生活のパロディとなり、ストウクとポウジズのアナクロニズムが徹底的に揶揄される。

第二幕、水道も暖房も利かない部屋で、またさまざまな動物の鳴き声が入り乱れる状態で、愛人たちは反抗的になり、職人たちは賃上げを要求し、村人たちは欲深く、事態は雪だるま式に悪化する。二人のイギリス人は不満だらけであるが、それでも自らの現実を無視して、牧歌的生活をエンジョイしようとする。その根底には大英帝国への信奉があり、ポウジズが大言壮語する――

世界中のまともな者なら誰でも知っているし、知っておくべきだが、われわれがどこへ行っても、すぐあとに続いたのは進歩、文明、真実、正義、名誉、人道、公正、平和だ。新聞、議会、説教壇、戦場で、われわれはかつて嘘をついたことも、嘘の主張をしたことも、人権を侵害したことも、神の掟を無視したことも、国家的にも国際的にも人の掟を破ったことはない。

呆れるオキラゲインは、大英帝国もやがて「半ば忘れられた子守歌として記憶されるだけだろう」と予言して、ポウジズを怒らせるが、過去を甦らせようとするイギリス人のアナクロニズムを象徴するのが、修復させている屋敷で、再興どころか破壊されるばかりの事態にうろたえるポウジズの嘆きで幕が下りる。

ああ、なんてひどい国だ、関わっちゃおれん！　わしの貴重な壺は台なし、美しい鉢は割られる。壁は壊され、害のない動物が撃たれて死ぬ。なんてひどい国だ、住めやせん！　不毛の土地だ、未開地だ！

屋敷の主人の尊大な無知と誤った価値観、それに抵抗する職人と愛人たちの健康な肉体と健全な生気。その対比のための単純化と誇張である。屋敷の衰亡にセンチメンタルなノスタルジアを抱くか、その衰滅の必然性を認めて、固執することを笑いとばすか、アイロニーと風刺に満ちたファースになる。

風雨がしだいに勢いをます第三幕。資本家の正体を顕して、ようやくつながる電話で戦時株の取り引きを急ぐポウジズは、聖堂参事会員の来訪に当惑する。「エデンの園」の「蛇」であるオキラゲイン排除に、教会が加担する反動性、特に喜びと性を厳しく抑圧する宗教の偏狭さへの批判と風刺で、『紅い塵』は、「亡命」後のオケイシーを一貫する政治的宗教的アレゴリーにもなる。

事態の混乱の中、突然「増水する川の荒れ狂う水の精」の「人影」が出現し、終末論的な洪水を予言する。時代の変動や社会の変革が、必然的にまやかしの遺物やイギリス支配を押し流すことの象徴で、センチメンタルな伝統観や退嬰的な歴史観に対する風刺と批判である。

大水がどっと流れこみ、ストウクとポウジズが「自慢の屋敷が崩れていく。イングランドに残っていたらよかった」と嘆き、なんとか逃れようとする、アイルランドの職人たちは、屋敷への執着を嘲笑し、愛人を奪って、あらかじめ悠々と洪水を避ける。洪水はいまわしい歴史の「紅い塵」を流し去る。職人たちの現実的な行動と不敵な笑いが、未来への適者として勝ち誇る終幕になる。

しかしアイルランドの職人たちは、作者の生活体験から描いた「ダブリン三部作」のスラムの住人のようなリアリティをもつ存在ではなく、仕事の無能ぶりや誇大な詩的言葉など、穏やかな風刺の対象ともなるから、『紅い塵』の真価は、「時と変化」による「新しい時代が戸口を叩いているだけでなく、家に押し入り、取って代わった」という思想を、厳しくも楽しいファースに仕上げたことにある。

使用テキスト

Barry, Sebastian

Prayers of Sherkin, in *Plays 1* (Methuen Drama, 1997)

The Steward of Christendom, in *Plays 1* (Methuen Drama, 1997)

Beckett, Samuel

Krapp's Last Tape, in *The Complete Dramatic Works* (Faber and Faber, 1990)

Bolger, Dermot

The Lament for Arthur Cleary, in *Plays 1* (Methuen Drama, 2000)

Carr, Marina

The Mai, in *Plays 1* (Faber and Faber, 1999)

Colum, Padraic,

The Land, in *Selected Plays of Padraic Colum* (Syracuse University Press, 1986)
Moytura: A Play for Dancers (Dolmen Press, 1963)

Deevy, Teresa

Katie Roche, in *Selected Plays of Irish Playwright Teresa Deevy, 1894-1963* (Edwin Mellen Press, 2003)

Devlin, Anne

Ourselves Alone (Faber and Faber, 1990)

Fitzmaurice, George

The Pie-Dish, in *The Plays of George Fitzmaurice: Folk Plays* (Dolmen Press, 1970)

Friel, Brian

Aristocrats (Gallery Books, 1980)
Faith Healer (Faber and Faber, 1980)
Volunteers (Gallery Books, 1989)
Wonderful Tennessee (Faber and Faber, 1993)

Gregory, Lady Augusta

Spreading the News, in *The Collected Plays I The Comedies* (Colin Smythe, 1971)

Johnston, Denis

The Moon in the Yellow River, in *The Dramatic Works of Denis Johnston 2* (Colin Smythe, 1979)

Keane, John B.

Big Maggie (Mercier Press, 1969)

Kilroy, Thomas

The Death and Resurrection of Mr. Roche (Faber and Faber, 1969)

The Secret Fall of Constance Wilde (Gallery Books, 1997)

Leonard, Hugh

Da, in *Selected Plays of Hugh Leonard* (Colin Smythe, 1992)

McDonagh, Martin

The Pillowman (Faber and Faber, 2003)

McGuinness, Frank

Carthaginians, in *Plays 1* (Faber and Faber, 1996)

Someone Who'll Watch Over Me, in *Plays 2* (Faber and Faber, 2002)

McPherson, Conor

The Weir, in *Plays: Two* (Nick Hern Books, 2004)

Mitchell, Gary

As the Beast Sleeps (Nick Hern Books, 2001)

Murphy, Tom

Conversations on a Homecoming, in *Plays: 2* (Methuen Drama, 1993)
The Gigli Concert, in *Plays: 3* (Methuen Drama, 1994)

O'Casey, Sean

Cock-a-Doodle Dandy, in *Collected Plays 4* (Macmillan, 1967)
Purple Dust, in *Collected Plays 3* (Macmillan, 1967)
The Shadow of a Gunman, in *Collected Plays 1* (Macmillan, 1967)
The Silver Tassie, in *Collected Plays 2* (Macmillan, 1968)

O'Kelly, Donal

Asylum! Asylum!, in *New Plays from the Abbey Theatre 1993-1995* (Syracuse University Press, 1996)

Parker, Stewart

Northern Star, in *Plays: 2* (Methuen Drama, 2000)

Robinson, Lennox

Church Street, in *Selected Plays* (Colin Smythe, 1982)

Synge, J. M.

Riders to the Sea, in *Plays I* (Oxford University Press, 1968)
The Shadow of the Glen, in *Plays I* (Oxford University Press, 1968)
The Tinker's Wedding, in *Plays II* (Oxford University Press, 1968)

Yeats, W. B.

Deirdre, in *The Collected Plays of W.B.Yeats* (Macmillan, 1966)
The Dreaming of the Bones, in *The Collected Plays of W.B.Yeats* (Macmillan, 1966)
The Words Upon the Window-Pane, in *The Collected Plays of W.B.Yeats* (Macmillan, 1966)

引用基礎文献

Barry, Sebastian

Mahony, Christina Hunt ed., *Out of History: Essays on the Writings of Sebastian Barry*（Carysfort Press, 2006）

Beckett, Samuel

Esslin, Martin, *The Theatre of the Absurd*（Penguin Books, 1991）

Fletcher, Beryl S. & John, *A Student's Guide to the Plays of Samuel Beckett*（Faber and Faber, 1985）

Kenner, Hugh, *A Reader's Guide to Samuel Beckett*（Thames and Hudson, 1973）

Lyons, Charles R., *Samuel Beckett*（Macmillan Press, 1983）

Weiss, Katherine, *The Plays of Samuel Beckett*（Bloomsbury, 2013）

Behan, Brendan

Boyle, Ted E., *Brendan Behan*（Twayne Publishers, 1969）

Kearney, Colbert, *The Writings of Brendan Behan*（Gill and Macmillan, 1977）

Porter, Raymond J., *Brendan Behan*（Columbia University Press, 1973）

Carr, Marina

Leeney, Cathy & Anna McMullan eds., *The Theatre of Marina Carr: before rules was made*（Carysfort Press, 2003）

Fitzmaurice, George

Brennan, Fiona, *George Fitzmaurice: 'Wild in his Own Way'; Biography of an Abbey Playwright*（Carysfort Press, 2007）

Friel, Brian

Essays, Diaries, Interviews 1964-1999（Faber and Faber, 1999）
Brian Friel in Conversation（University of Michigan Press, 2000）
Andrews, Elmer, *The Art of Brian Friel*（Macmillan, 1995）
Corbett, Tony, *Brian Friel: Decoding the Language of the Tribe*（Liffey Press, 2008）
Dantanus, Ulf, *Brian Friel: A Study*（Faber and Faber, 1988）
Jones, Nesta, *Brian Friel*（Faber and Faber, 2000）
Maxwell, D. E. S., *Brian Friel*（Bucknell University Press, 1973）
O'Brien, George, *Brian Friel*（Twayne Publishers, 1990）
Roche, Anthony ed., *The Cambridge Companion to Brian Friel*（Cambridge University Press 2006）
清水重夫・的場淳子・三神弘子訳、『ブライアン・フリール』（新水社、一九九四）
現代演劇研究会編、『現代演劇 No.14　特集ブライアン・フリール』（英潮社、二〇〇一）

Gregory, Augusta

Our Irish Theatre（Colin Smythe, 1972）
Saddlemyer, Ann, *In Defence of Lady Gregory, Playwright*（Dolmen Press, 1966）
Saddlemyer, Ann & Colin Smythe, eds., *Lady Gregory, Fifty Years After*（Colin Smythe, 1987）

前波清一著、『劇作家グレゴリー夫人』（あぽろん社、一九八八）

Johnston, Denis

In Search of Swift（Hodges Figgis, 1959）
Barnett, Gene A., *Denis Johnston*（Twayne Publishers, 1978）
Ferrar, Harold, *Denis Johnston's Irish Theatre*（Dolmen Press, 1973）

Keane, John B.

Kealy, Sister Marie Hubert. *Kerry Playwright: Sense of Place in the Plays of John B. Keane*（Associated University Presses, 1993）

Kilroy, Thomas

Lanters, José, *The Theatre of Thomas Kilroy: No Absolutes*（Cork University Press, 2018）
清水重夫・的場淳子・三神弘子訳、『トマス・キルロイ』（新水社、一九九六）

McDonagh, Martin

Jordan, Eamonn, *From Leenane to L.A.: The Theatre and Cinema of Martin McDonagh*（Irish Academic Press, 2014）
Chambers, Lilian & Eamonn Jordan eds., *The Theatre of Martin McDonagh: A World of Savage Stories*（Carysfort Press, 2006）
Lonergan, Patrick, *The Theatre and Films of Martin McDonagh*（Methuen Drama, 2012）
Russell, Richard Rankin, *Martin McDonagh: A Casebook*（Routledge, 2007）

McGuinness, Frank

Jordan, Eamonn, *The Feast of Famine*（Peter Lang, 1997）

Lojek, Helen, *Contexts for Frank McGuinness's Drama*（Catholic University of America Press, 2004）

Lojek, Helen ed., *The Theatre of Frank McGuinness: Stages of Modernity*（Carysfort Press, 2002）

Mikami, Hiroko, *Frank McGuinness and His Theatre of Paradox*（Colin Smythe, 2002）

清水重夫・的場淳子・三神弘子訳、『フランク・マクギネス』（新水社、二〇〇一）

McPherson, Conor

Wood, Gerald C., *Conor McPherson: Imagining Mischief*（Liffey Press, 2003）

Chambers, Lilian & Eamonn Jordan eds., *The Theatre of Conor McPherson: Right Beside the Beyond*（Carysfort Press, 2012）

Murphy, Tom

Murray, Christopher ed., *Alive in Time: The Enduring Drama of Tom Murphy: New Essays*（Carysfort Press, 2010）

O'Toole, Fintan, *Tom Murphy: The Politics of Magic*（New Island Books, 1994）

清水重夫・的場淳子・三神弘子訳、『トマス・マーフィー』Ⅰ、Ⅱ（新水社、一九九二―七）

O'Casey, Sean

Ayling, Ronald, *Continuity and Innovation in Sean O'Casey's Drama*（Universität Salzburg, 1976）

Kosok, Heinz, *O'Casey, The Dramatist*（Colin Smythe / Barnes & Noble Books, 1985）

Krause, David, *Sean O'Casey: The Man and His Work*（Macmillan Publishing, 1975）

Moran, James, *The Theatre of Sean O'Casey*（Bloomsbury Methuen Drama, 2013）

Robinson, Lennox

O'Neill, Michael J., *Lennox Robinson*（Twayne Publishers, 1964）

Synge, J. M.

Gerstenberger, Donna, *John Millington Synge*（Twayne Publishers, 1964）

Grene, Nicholas, *Synge: A Critical Study of the Plays*（Macmillan Press, 1975）

Price, Alan, *Synge and Anglo-Irish Drama*（Methuen, 1961）

Skelton, Robin, *The Writings of J. M. Synge*（Thames and Hudson, 1971）

久保田重芳著、『J・M・シングの世界』（人文書院、一九九三）

前波清一著、『シングのドラマトゥルギー』（弓書房、一九八一）

若松美智子著、『劇作家シングのアイルランド』（彩流社、二〇〇三）

Yeats, W. B.

Bradley, Anthony, *William Butler Yeats*（Frederick Ungar, 1979）

Howes, Marjorie & John Kelly eds., *The Cambridge Companion to W. B. Yeats*（Cambridge University Press, 2006）

Knowland, A. S., *W. B. Yeats, Dramatist of Vision*（Colin Smythe / Barnes & Noble Books, 1983）

Moore, John Ress, *Masks of Love and Death*（Cornell University Press, 1971）

Sekine, Masaru & Christopher Murray, *Yeats and the Noh: A Comparative Study*（Colin Smythe, 1990）

Taylor, Richard, *A Reader's Guide to the Plays of W. B. Yeats*（Macmillan / Gill and Macmillan, 1984）

佐野哲郎・風呂本武敏・平田康・田中雅男・松田誠思訳、『イェイツ戯曲集』（山口書店、一九八〇）

前波清一著、『イェイツとアイルランド演劇』（風間書房、一九九七）

アイルランド演劇・その他

Cleary, Joe and Claire Connolly eds.,*The Cambridge Companion to Modern Irish Culture*（Cambridge University Press, 2005）

Foley, Imelda, *The Girls in the Big Picture: Gender in Contemporary Ulster Theatre*（Blackstaff Press, 2003）

Grene, Nicholas, *The Politics of Irish Drama*（Cambridge University Press, 1999）

Hogan, Robert, *After the Irish Renaissance*（University of Minnesota Press, 1967）

Jordan, Eamonn ed., *Theatre Stuff: Critical Essays on Contemporary Irish Theatre*（Carysfort Press, 2000）

Llewellyn-Jones, Margaret, *Contemporary Irish Drama and Cultural Identity*（Intellect, 2002）

Maguire, Tom, *Making Theatre in Northern Ireland: Through And Beyond the Troubles*（University of Exeter Press, 2006）

Maxwell, D. E. S., *A Critical History of Modern Irish Drama 1891-1980*（Cambridge University Press, 1984）

Middeke, Martin & Peter Paul Schnierer eds., *The Methuen Drama Guide to Contemporary Irish Playwrights*（Methuen Drama, 2010）

Murray, Christopher, *Twentieth-Century Irish Drama*（Manchester University Press, 1997）

O'Tool, Fintan, *Critical Moments: Fintan O'Toole on Modern Irish Theatre*（Carysfort Press, 2003）

Rafroidi, Patrick, Raymonde Popot & William Parker eds., *Aspects of the Irish Theatre*（Éditions universitaires, 1972）

Richards, Shaun ed., *The Cambridge Companion to Twentieth -Century Irish Drama*（Cambridge University Press, 2004）

Roche, Anthony, *Contemporary Irish Drama*（Gill & Macmillan, 1994）

Rollins, Ronald Gene, *Divided Ireland*（University Press of America, 1985）

Sihra, Melissa, *Women in Irish Drama: A Century of Authorship and Representation*（Palgrave Macmillan 2007）

Trotter, Mary, *Modern Irish Theatre*（Polity Press, 2008）

Watt, Stephen et al eds., *A Century of Irish Drama*（Indiana University Press, 2000）

Welch, Robert, *The Abbey Theatre 1899-1999*（Oxford University Press, 1999）

風呂本武敏編、『アイルランド・ケルト文化を学ぶ人のために』（世界思想社、二〇〇九）

前波清一著、『アイルランド演劇――現代と世界と日本と』（大学教育出版、二〇〇四）

――――、『アイルランド戯曲――リアリズムをめぐって』（大学教育出版、二〇一〇）
杉山寿美子著、『アベイ・シアター 1904-2004』（研究社、二〇〇四）

あとがき

『現代アイルランドのドラマツルギー――複合の視点』というタイトルは、難しい問題を包含するが、元々、前著『現代アイルランド演劇入門――「現実と喜び」のドラマ』（二〇一六、彩流社）に予定していたのを、その方針を引き継ぎながら再考して、別冊にしたものである。

年齢による心身の衰えで、やがて学究生活も終わるが、この場を借りて、これまでお世話になった方々――大阪大学大学院の恩師、大阪教育大学の教職員、アイルランド文学関係の仲間、そして国内外の図書館、既刊拙著の出版各社に（拙著から適宜活用させてもらっていることも含めて）感謝の意を表したい。

今回の出版では、小鳥遊書房のお世話になり感謝している。

Last but not least――日頃、蔭で支えてもらっている身辺の人々、特に大木俊夫氏、前田英樹君と大谷啓一郎君、そして清廣に、この最後の拙著を贈り、謝意を表します。

二〇二三年一月

前波清一

【著者】

前波 清一

（まえば・せいいち）

1937 年、福井県生まれ
大阪大学大学院文学研究科博士課程単位取得満期退学
大阪教育大学教授を経て名誉教授
英文学専攻、特にアイルランド演劇研究
著書『シングのドラマトゥルギー』（1981、弓書房）、
『劇作家グレゴリー夫人』（1988、あぽろん社）、
『イェイツとアイルランド演劇』（1997、風間書房）、
『アイルランド演劇――現代と世界と日本と』（2004、大学教育出版）
『アイルランド戯曲――リアリズムをめぐって』（2010、大学教育出版）
『現代アイルランド演劇入門――「現実と喜び」のドラマ』（2016、彩流社）

現代《げんだい》アイルランドのドラマツルギー
複合《ふくごう》の視点《してん》

2023年2月28日　第1刷発行

【著者】
前波 清一

発行者：高梨 治

発行所：株式会社小鳥遊《たかなし》書房
〒102-0071　東京都千代田区富士見1-7-6-5F
電話03 (6265) 4910（代表）／FAX　03(6265)4902
https://www.tkns-shobou.co.jp

装幀　宮原雄太（ミヤハラデザイン）
印刷・製本　モリモト印刷(株)
ISBN978-4-86780-011-9　C0074